KB078306

가프 현대 판타지 소설

MODERN FANTASTIC STORY

밥도둑 약선요리王

밥도둑 약선요리王 16

가프 현대 판타지 소설

초판 1쇄 찍은 날 § 2020년 4월 7일
초판 1쇄 펴낸 날 § 2020년 4월 14일

지은이 § 가프
펴낸이 § 서경석

총괄팀장 § 노종아
편집책임 § 신나라

펴낸곳 § 도서출판 청어람
등록번호 § 제387-1999-000006호
등록일자 § 1999. 5. 31
어람번호 § 제1-3041호

주소 § 경기도 부천시 부일로 483번길 40 서경B/D 3F (우) 14640
전화 § 032-656-4452 팩스 § 032-656-4453
http://www.chungeoram.com
E-mail § chungeorambook@daum.net

ISBN 979-11-04-92174-2 04810
ISBN 979-11-04-91945-9 (세트)

가프 **현대 판타지 소설**
MODERN FANTASTIC STORY

밥도둑
약선
요리
도왕

16

도서출판
청어
람

밥도둑

약선
요리
호 _왕

목차

1. 아름다운 뒤처리 • 007

2. 네 운은 내가 결정한다 • 039

3. 청와대 만찬을 맡아주세요 • 087

4. 가면 속에 숨긴 노욕老慾 • 105

5. 즉흥 경연 • 135

6. 노구老軀의 발악 • 177

7. 상대를 잘못 골랐어 • 227

8. 짭짤한 전리품들 • 267

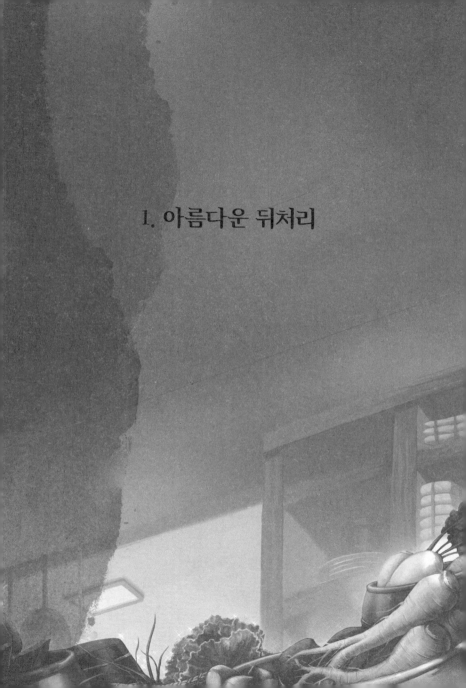

1. 아름다운 뒤처리

　병원은 미친 듯이 돌아갔다. 미칠 수밖에 없었다. 지난밤에 사망진단을 낸 환자. 그것도 10여 시간 가까이 모든 기능이 정지된 환자가 살아난 것이다.

　원장은 수액을 달고 누웠다. 그 자신이 직접 사망진단을 낸 일. 엘리트 의사 수십 년에 대한민국 최고 대학병원의 원장까지 된 그였으니 기절할 만도 한 일이었다.

　원장의 지시를 수행한 주치의도 황당하기는 마찬가지였다. 장영순의 오장 기능이 하나씩 회복될 때마다, 조금씩 향상된 수치를 보일 때마다 그는 점점 더 몽롱해지고 있었다.

　이런 일이 어떻게?

이건 꿈이야.

그는 상황을 부정했지만 눈앞 장영순의 상태는 주치의의 생각을 부정했다. 냉동 인간이 깨어나듯 마침내 팔다리까지 움직이기 시작한 것이다. 각 과의 전문의들이 몰려와 조치를 끝냈다. 사실 조치랄 것도 없었다. 그저 장영순의 상태를 체크하는 것뿐. 뭔가 조치를 하려고 하면 그 기능이 나아지고 있었던 것이다.

주치의가 복도로 나왔다. 거기 민규가 있었다. 빈 복도에 선 민규야말로 하나의 환상이었다. 사람을 살린 명의들. 진담 반 농담 반으로 '의느님'으로 불린다. 민규야말로 진심 '요느님'처럼 보였다.

"……."

주치의는 뭐라고 입을 떼지 못했다. 미안하다고도 고맙다고도… 그의 머릿속은 온통 혼란의 아수라장을 이룰 뿐이었다.

"들어가 봐도 되겠습니까?"

민규 목소리가 들렸다. 메아리와 같았다. 수련의는 창조주를 대하듯 문을 가리켰다. 이 순간의 민규는 하나의 경외감과 다르지 않았다.

딸깍!

문을 열고 들어섰다.

"셰프님!"

장영순의 침대머리를 지키고 있던 노모가 벌떡 일어났다.

"그냥 계세요."

"아이고, 어떻게 그냥 있어요? 우리 딸 은인이 오셨는데……."

"제가 간 후에 제 말을 잘 따라주셨다면서요? 그러니 어머니가 따님을 살리신 겁니다."

"아이고, 그런 말씀 마세요. 늙은이가 딸 살릴 생각에 옛날 얘기부터 마음 아팠던 일에, 딸 모르는 비밀 얘기까지 다 했지만 그게 어디 제 공일까요? 다 셰프님 덕분입니다. 이렇게 용한 분인 줄 모르고 조금을 참지 못했으니 볼 낯이 없네요. 하마터면 딸을……."

노모는 차마 말을 잇지 못했다.

"며칠은 제 약수와 미음을 받아다 먹어야 할 겁니다."

"당연하지요. 뭐든지 시키는 대로 하겠습니다."

"원장님과 주치의에게 허락을 받아놓으세요. 제가 의사는 아니니까요."

"걱정 마세요. 제까짓 것들이 무슨 낯으로 허락을 논해요. 찍소리도 못 할 겁니다."

"그럼 저는 이만 돌아가겠습니다."

"돈은요? 돈은 얼마나 드릴까요? 얼마라도 내겠습니다."

"그건 따님 정신이 돌아온 다음에 말씀하셔도……."

"아이고, 과연 은인이시네. 우리 스님 신통력 아직 안 죽었네. 우리 딸이 일어나면 바로 찾아가겠습니다. 바로요."

노모는 복도까지 따라 나오며 허리를 굽신거렸다. 복도에는 그새 사람이 넘쳤다. 주용길과 측근들이 달려온 것이다.

"이 셰프님."

주용길은 감격에 못 이겨 민규를 끌어안았다.

"의원님이 위로할 분은 제가 아니고 노모와 장 여사님이십니다."

"알아요. 왜 모릅니까? 우리 이 셰프님이 너무 대단해서 이러는 거지요."

"……."

"정말 수고했습니다. 이건 정말 기적이라는 말로도 모자라는군요. 죽은 사람을 살려내다니……."

"희미한 불티가 남았던 덕분입니다. 들어가 보시죠."

병실을 가리킨 민규가 돌아섰다.

짝짝짝!

측근들의 박수가 뜨겁게 따라왔다.

"셰프님."

로비에서 김순애와 석경미를 만났다. 민규를 위해 커피를 사고 있었다.

"의원님 올라가셨는데 만나셨어요?"

김순애가 물었다.

"예. 지금 병실로 들어가셨습니다."

"셰프님은 정말……."

김순애의 눈에 이슬이 맺힌다. 석경미도 바로 전염이 되었다.

"두 분 덕분입니다."

"아니에요. 우리가 무슨… 정말이지 셰프님을 알고 있다는 사실만으로도 너무 벅차요."

"그럼 올라가 보세요. 저는 장 여사님 미음을 좀 만들어야 해서요."

"셰프님, 너무 수고하셨어요."

"정말요. 너무너무……."

김순애와 석경미가 고개를 숙였다. 너무 정중해 다른 사람들이 돌아볼 정도였다. 로비를 나오니 아침 햇살이 찬란했다. 그 눈부심 속에 세 환상이 겹쳐 보였다. 환상이 너울너울 다가왔다.

이윤.

권필.

정진도.

그들이다. 그들이 아니었다면 결코 이룰 수 없었던 절정의 비기 기사회생요리방 '약선천지인부활미음'. 그들이 빛으로 다가와 민규 안에 녹아들었다. 뼈마디마다 그들의 격려가 들어오는 것 같았다.

잘했다.

그건 우리의 염원이기도 했으니.

속삭임이 민규 영혼 안으로 퍼졌다.

그들의 염원.

민규의 염원.

아니, 진시황을 비롯한 모두의 염원.

설령, 오늘 이 사건이 우연이라도 해도, 그 염원의 역사를 세운 민규였다. 미칠 듯한 뿌듯함을 깬 건 종규의 목소리였다.

"형, 서서 조는 거야?"

"응?"

돌아보니 랜드로버였다. 차는 민규 옆까지 와 있었다. 그것조차 인식하지 못하고 전생들의 삼매에 빠졌던 모양이었다.

"타. 빨리 가서 좀 쉬어."

종규가 턱짓을 했다.

"그래. 너도 수고 많았다."

종규까지 챙기고 조수석에 올랐다. 그리고, 바로 잠이 들었다. 초빛까지 멀지는 않았지만 세상에서 제일 달콤한 꿀잠의 시간이었다.

잠결에 두 메신저를 만났다. 메신저들이 자애롭게 웃었다.

[우릴 기억하느냐?]

그들이 물었다.

"예."

민규가 답했다.

[우리는 너를 기억하지 못한다.]

"예?"

[인생의 패배자들, 인생의 낙오자들, 너희 말로 찌질한 생의 나락에 몰린 인간들.]

"……?"

[그들에게 새로운 기회를 주기 위해 만든 운명 수정 시스템.]

"……?"

[그들 중에는 심기일전 새로운 업적을 이룬 사람들이 많았다.]

"예……."

[더러는 역사를 만들고 더러는 영웅이 되었지.]

"예."

[그들 중에 네가 첫손에 꼽힘이라. 그러니 너는 우리가 처음 만났을 때의 네가 아님이라.]

"제가 말입니까?"

[네 3전생의 궁극이 무엇이었겠느냐?]

3전생의 꿈.

"기사회생입니다."

민규의 대답에는 주저가 없었다.

[어떻게 알았느냐?]

두 메신저가 물었다.

"이유은 무엇 때문에 지상의 모든 물을 알았겠습니까? 권필은 무엇 때문에 왕들의 약선에 매진했으며 정진도는 무엇 때문에 가난한 빈민들을 위해 밤을 새웠겠습니까? 그들의 궁극은 사람의 안녕, 죽어가는 사람을 살리려는 것이기 때문입니다. 그게 바로 기사회생입니다."

[네가 만든 약선죽 방울⋯⋯.]

"천지인부활미음 말입니까?"

[그게 바로 10세기에 한 번 나올 수 있는 궁극의 약선이었다.]

"10세기⋯⋯."

[지난 10세기 이전에 유럽의 연금술사가 그 약선의 신성수를 만들어 황제를 구했다. 그 이전의 10세기 전에는 현자가 신성즙을 만들어 성녀를 구했고.]

"⋯⋯."

[그 이전의 10세기로 거슬러 가면 궁극의 약선을 만드는 사람들이 많았느니라. 그러나 운명 시스템에서 숫자를 줄였지. 인구가 너무 늘어난 까닭이었다.]

"⋯⋯."

[네가 궁극의 약선을 만들 확률은 28%였다. 그 또한 최근의 확률로는 최고를 찍은 수치⋯⋯.]

"⋯⋯."

[운명 수정 시스템의 선택을 받고도 자신의 복으로 과신해 다시 나락의 길에 떨어지는 인간들을 보며 회의도 많았는데

너를 보고 진정한 위로가 되었다.]

"고맙지만 제 성취는 저의 영광이 아닙니다."

[아니다?]

"이윤과 권필, 정진도의 생이 전해온 보석 같은 경험이 성공의 발판이었으니 먼저 산 그들의 경험이 없었다면 허망한 일이 되었을 뿐입니다."

[그래서 네가 기특하다는 거다.]

"예?"

[그 바탕의 소중함을 아는 마음. 다시 나락에 떨어지는 자들은 자기에게 주어진 능력이 마치 처음부터 자신의 것인 양 누리기 바빴기에 오래가지 못했거든.]

"……."

[이런 말을 전하는 것도 일종의 천기누설이다. 그러나 이미 네 골수에 맺혀 차후에도 생의 태도가 빗나가지 않을 듯하여 한 말이니 앞으로의 삶에도 영광이 깃들 것이다.]

"이번 영광은 두 메신저님께서 주신 예견이기도 합니다."

[우리가?]

"陰陽和合 萬物化生(음양화합 만물화생)음양이 화합하니 만물이 화생한다. 안과 밖에서 화합하니 매사가 형통하리라."

[……?]

"궁극의 약선을 만들면서 막막할 때 길이 되었던 말입니다. 거기 빛나는 음양화합을 등불로 삼았으니 두 분 메신저께서 전해주신 말이 아닙니까?"

[허어.]

"혹시라도 운명 시스템 속에 제 3생이 있어 그분들을 만날 수 있다면 그분들에게도 고맙다고 전해주십시오."

[성취는 네가 **뼈**를 깎아 이루고 모두에게 고맙다는 것이냐?]

"예. 모두에게 고맙습니다. 사실은 장영순 여사에게도……."

[그건 그 여자가 네게 고맙다고 해야 하는 것 아니냐? 사실 그 여자의 목숨을 집행하러 왔던 저승사자들이 지금도 펄펄 뛰고 있다만.]

"그분이 위태롭지 않았다면, 그리하여 제가 절박하지 않았다면 그렇게 절실한 마음으로 약선요리에 임할 수 없었습니다. 그러니 그분 또한 고마움의 대상이 아닐 수 없습니다."

[네 아름다운 요리에 못지않은 마음이구나.]

"고맙습니다."

[이제 그만 일어나거라. 네 요리에 취한 사람들이 기다리고 있으니, 따로 줄 선물이 없어 단잠을 주었다. 한 이틀 푹 잔 만큼 개운할 것이니…….]

전생 메신저의 손이 민규에게 다가왔다. 그 손이 닿는 순간 민규가 눈을 떴다.

"……!"

초빛이었다. 차는 막 정지하고 있었다. 돌아본 종규가 화들짝 놀랐다.

"우와, 귀신이네. 집에 온 줄 어떻게 알고 깼어? 하도 맛있게 자서 그냥 두려고 했더니."

"그랬냐?"

"얼굴도 굉장히 편해 보여."

"그래?"

얼굴을 만지며 차에서 내렸다. 고개를 드는 순간 연못에 두 개의 형체가 아른거렸다. 흰 연꽃 위였다. 막 개화하는 연꽃 위로 두 개의 형체가 나풀거렸다. 민규는 알았다. 그들이 누구인지. 초자연수 두 잔을 소환해 연못가에 놓아두었다.

두 메신저의 격려.

꿈인지 생시인지는 중요하지 않았다. 중요한 건 몸이 굉장히 가뿐하다는 사실. 그 고마움만으로도 물 한 잔 바치는 이유가 되기에 충분했다.

물잔이 출렁거리더니 절반으로 줄었다. 민규가 합장을 했다. 연꽃 위에서 출렁거리던 두 형체는 소리 없이 사라져 버렸다.

고맙습니다.

한 번 더 인사를 전했다.

*   *   *

점심 무렵, 김순애와 주용길이 찾아왔다. 최측근 셋도 함께였다.

"이 셰프!"

주용길의 얼굴에는 화색이 만연했다.

"장 여사님은요?"

민규가 김순애를 바라보았다.

"의식이 완전히 돌아왔어요. 이런 일은 전례가 없지만 의학적으로는 뇌에 이상이 생겼을 수도 있다고 우려를 했었어요. 긴 시간 동안 뇌에 산소가 공급되지 않았으니까요. 그런데 믿기지 않게도 몸이 좀 나른할 뿐 다른 문제는 없다고 해요. 기억도 또렷하고요."

"다행이군요."

"이 셰프님 이야기를 했어요. 신기하게도 이 셰프님이 자신을 구한 일, 장 여사도 알고 있더라고요."

"장 여사님이요?"

"기억이 남았대요. 생의 불이 꺼진 순간 저 먼 곳에 이 셰프님 형상이 보였대요. 이 셰프님이 뭔가를 만들고 있었는데 그걸 먹으면 살아날 것 같았다고 해요."

"그래요?"

"그러다 통곡의 강을 건너는 나룻배가 왔는데 셰프님 요리가 끝이 나지 않아서 애를 태웠대요. 강에서 부는 바람이 등을 미는데 발에 힘은 없고, 이 셰프님 요리 한 입만 먹으면 버틸 것 같았는데……."

"……."

"결국 막 한 발이 떨어지고 또 한 발이 떨어지려 할 때 이 셰프님의 죽 한 방울이 입으로 들어왔대요. 그걸 먹으니 나룻 배가 그냥 가버렸다고……."

"장 여사님과 제가 통했군요."

민규가 웃었다.

"당장 인사하러 오고 싶다고 했는데 저하고 노모가 말렸어요. 이제 시간 많으니까 천천히 와도 된다고……."

"그럼요. 당장은 몸조리가 우선입니다. 원기에 정기, 진기까지 다 빠진 상태였으니 기를 채운 다음에 움직여야 안전하거든요."

"셰프님이 죽을 대기로 하셨다고 해요."

"예. 점심 것부터 공수할 생각입니다."

"안 그래도 그것 때문에 노모께서 오신다는 걸 제가 받아간다고 얘기하고 겸사겸사 왔어요. 우리 주 의원님도 인사를 드려야 한다고 해서 바쁜 걸 알면서도……."

"아무리 바쁜들 두 분 식사 한 상 차릴 시간이 없겠습니까? 내실로 가시지요."

민규가 앞장을 섰다.

"이 셰프님, 우린 사실 이 셰프님만 봐도 힘이 납니다. 그러니 오늘은 저희들 신경 쓰지 마시고 그냥 간단히 차나 한 잔씩 부탁드립니다."

"괜찮습니다. 어차피 장 여사님 죽도 쒀야 하니까요."

돌아서는 민규 주머니에서 핸드폰이 울렸다. 보통은 무음으로 바꾸는 민규, 정신이 없는 통에 깜박한 것이다. 발신인은 황창동이었다. 그 또한 기사회생요리의 일등 공신이므로 기꺼이 받았다.

그런데…….

—이민규 셰프님?

전화기에서 나온 건 황창동 종업원의 목소리였다.

"여보세요?"

—셰프님, 저 황 사장님 모시는 종업원입니다.

"예. 그런데……?"

—이거… 사장님이 셰프님 걱정한다고 말씀드리지 말라고 했는데…….

"무슨 일인데요?"

—황 사장님이 조금 전에 경찰에 잡혀갔습니다.

"경찰요?"

민규가 소스라쳤다. 그러자 뒤쪽의 김순애와 주용길이 반응을 보였다.

"경찰에 잡혀가다니 왜요?"

복도로 나온 민규가 경위를 물었다.

—그게… 셰프님에게 구해다 드린 약재들 중에 금지 품목

이 있어서…….

"금지 품목?"

―호랑이…….

"……!"

단어 하나에 민규 미간이 일그러졌다.

호랑이발…….

금지 품목이 맞았다. 다른 사람의 부탁이라면 당연히 거절했을 황창동. 민규의 간청이기에 앞뒤 가리지 않고 수배해 왔다가 문제가 된 모양이었다.

"지금 어느 경찰서에 계신가요? 제가 가보겠습니다."

소재를 묻고 전화를 끊었다. 모른 척 넘길 수 없는 일이기 때문이었다.

"셰프님, 무슨 일이에요? 경찰 이야기가 나오던데 누가 잡혀갔어요?"

김순애가 따라 나오며 물었다.

"그게…….'

"얼핏 들으니 장 여사 요리 때문인 거 같은데 맞나요?"

"……"

"맞군요. 그럼 말씀해 주세요. 장 여사 살리려고 애쓴 일로 경찰에 잡혀간 거면 제가 도울 수 있습니다. 저 그만한 힘 있어요. 장 여사도 그렇고요. 정 안 되면 주 의원님도 발 벗고 나설 겁니다."

김순애의 목소리에 힘이 들어갔다.

"이 셰프를 도운 판매업자가 경찰에 잡혀갔다고?"

전후 사정을 알게 된 주용길도 관심을 표명했다.

"그렇게 되었다네요."

"뭐가 문제가 된 건가?"

주용길이 수행 비서에게 물었다.

"요리에 호랑이의 일부가 쓰였다고 합니다."

"호랑이?"

주용길의 시선이 민규에게 향했다.

"장 여사님의 기사회생에 꼭 필요한 부분이었습니다. 저와 거래하는 황 사장이 여기저기 체크하다가 태국 쪽 상인들이 중국 사람들에게 보신용으로 팔려던 호랑이발을 구해 왔답니다."

"어디 경찰서인가?"

"의원님은 나서지 마세요. 제가 처리하겠습니다."

김순애가 말을 끊고 나섰다. 대선이 코앞이었다. 여론조사 1~2위를 다투는 주용길이었다. 이유야 어쨌든 금지 품목을 거래한 사람. 주용길의 개입을 상대 진영에서 알게 되면 불법 시비가 붙을 수 있었다.

"문제없겠소?"

"제 친구 남편이 그 경찰서장과 경찰대학 동기입니다. 큰 불법은 아니니 선처하는 쪽으로 부탁을 했습니다."

"뭐라고 합니까?"

"곧 연락이 올 겁니다. 만약 안 되면 장영순이 나서면 됩니다. 마당발인 그녀, 자기의 목숨을 살려준 사람들을 외면하지 않을 겁니다."

김순애가 설명하는 사이에 핸드폰이 울렸다.

"여보세요."

김순애가 전화를 받았다. 표정이 환하게 펴졌다.

"황창동 씨가 풀려났답니다."

김순애가 말했다. 내실 분위기가 단숨에 밝아졌다. 이번에는 민규 전화기가 울렸다. 황창동이었다.

"사장님."

ㅡ어, 이 세프. 자네지?

"풀려난 겁니까?"

ㅡ그래. 지금 막 나왔네. 경찰에서 무슨 큰 밀수업자라도 엮은 것처럼 닦달을 해대더니 나가라네? 내가 우리 종업원에게 물어봤더니 이 세프에게 연락을 했다고 해서…….

"아는 분들이 도와줬습니다. 불편을 끼쳐서 죄송합니다."

ㅡ아니야. 사실 약재상 하다 보면 경찰조사 한두 번 받는 거야 일도 아니지. 녹용부터 웅담까지… 이건 뭐 좀 귀하다 싶은 약재가 들어와도 마음 놓고 거래하기 힘든 시장이거든.

"고생하셨으니 제 가게로 오십시오. 액땜하는 약선죽 한 그릇 준비해 두겠습니다."

—두부로 만든 건가?

"두부요?"

—왜 교도소에서 나오면 두부를 먹잖나?

"좋은 조언이군요. 제가 최고의 약선두부죽을 쑤어두겠습니다."

—그렇다면 가야지. 아, 이놈의 경찰서는 언제 와도 찝찝하거든.

"종업원분도 함께 데리고 오십시오. 혼자 노심초사했을 텐데."

—그러지. 고마워.

통화가 끝났다.

"그 업자인가?"

주용길이 물었다.

"그렇습니다."

"그 양반 죽값은 내가 내겠네."

"의원님이요?"

"어머, 안 돼요. 이 일은 잘되든 못 되든 제가 알아서 해요. 죽값은 제가 낼 거예요. 장영순의 기사회생요리값도요."

"그게 좋을 거 같습니다."

비서관이 나서 김순애를 거들었다. 주용길은 아쉬움을 삼키고 일어섰다.

"이 셰프."

차에 오르기 전, 주용길이 민규를 따로 불렀다.

"예."

"늘 신세만 지는데 또 부탁이 있소이다."

"말씀하시죠."

"내가 마음에 둔 인물이 있는데 미국 경제학 쪽의 거두라 정치라면 정색을 한다고 합니다. 마침 S대학에 교환교수로 와 있지요. 이 사람이 천하의 골초라 폐암에 걸려 한쪽을 거의 다 덜어 내고 골골거리는데 혹시 약선요리로 호전이 가능할까요? 마음을 돌려 나를 도우면 좋겠지만 그렇지 않더라도 경제 분야에 큰 도움이 될 석학이라······."

"폐암이라고요?"

"그렇다고 하오. 더불어 인품까지 알 수 있다면 더 좋겠지요."

"조선 왕 중에서 요리로 왕의 그릇을 평가받은 분이 계십니다. 그 경우라도 접목해 드릴까요?"

"그런 것도 있었소?"

"궁중요리는 정치와도 무관하지 않습니다. 의원님께서도 이미 수차례 겪고 계시지 않습니까?"

"······!"

민규의 촌철살인에 주용길의 입이 막혔다. 돌아보니 그랬다. 그 자신이 당의 대권주자로 부상할 때도 그랬고 오늘도 그랬다. 장영순의 마음을 돌린 것도 결국 민규의 요리. 요리가 정치에 무관하지 않다는 말은 과장이 아니었다.

"내가 늘 이 셰프에게 배우는군. 언제 날 잡아서 요리의 도를 따로 지도받아야 할 것 같소."

"요리가 그렇지 않습니까? 좋은 재료만으로 되는 것도 아니고 양념이 좋아서 되는 것도 아닙니다. 불과 물, 정성과 재료, 그 모든 것이 조화를 이뤄야 맛난 요리가 되는 것이니 정치에도 그 원리를 응용하면 무리가 없을 것으로 봅니다. 과거, 많은 군왕들이 수라상 위에서 저간의 사정을 읽어내듯 말입니다."

"허어……."

"말씀하신 손님은 언제든 모시고 오십시오. 요리로써 그분의 인품을 시험하는 건 그리 어렵지 않을 것 같습니다."

"그렇게 하지요."

주용길이 차에 올랐다. 그가 멀어지기 무섭게 황창동의 차가 들어섰다.

"이 셰프."

"사장님."

"아, 덕분에 이 셰프 요리를 또 먹어보네."

황창동이 너스레를 떨었다. 경찰에서의 긴장은 다 사라진 후였다.

"들어가시죠."

민규가 황창동을 안내했다. 그를 위해 준비한 건 서목태로 만든 약선연포갱이었다. 이 연포갱은 증보산림경제의 원방에 따랐다. 두부만 끓인 게 아니라 닭고기를 넣은 것. 푹 고아낸 재래닭에 들기름에다 노릇하게 지져낸 두부를 넣었다. 여기에 황기 우린 물과 꿀을 살짝 더했으니 기를 더하고 담을 없애준다. 양념은 씨간장으로 맞췄으니 水형인 황창동에게 활기가 될 요리였다.

죽은 말린 황률에 산수유를 넣어 끓였다. 그 또한 水형 체질에 맞췄기에 입맛에 쫙쫙 붙는 황창동이었다.

"고생 많으셨죠?"

테이블 앞에서 민규가 물었다.

"고생은 무슨……."

황창동은 먹느라 바빴다. 옆의 종업원도 신나게 요리를 즐기고 있었다.

"아무튼 미안하게 되었습니다."

"그나저나 그 기묘한 식재료는 어떤 요리에 쓴 거야?"

"숨 끊어지려는 분에게 폭기(爆氣)용으로 썼습니다."

"폭기? 기의 폭탄?"

"예."

"그래서? 끊어지는 숨을 막았어?"

"겨우……."

"……!"

두부를 뜨던 황창동이 두부를 떨구고 말았다.

"숨넘어가는 사람을 살렸다는 얘기잖아?"

"겨우라고 말씀드렸습니다."

"으아, 죽는 사람 살리는 요리까지 가능하단 말이지?"

"다시 하기는 어려운 일입니다. 너무 힘들고, 자칫하면 황 사장님이 구속될 일이라……."

"지금 그게 대수야? 사람을 살렸다면서?"

"사장님 덕분입니다."

"이야… 이야… 사실 나도 그 재료 목록 보고 뭔가 비범한 요리 만들겠다 생각은 했지. 그래서 금지 품목인 줄 알면서도 수배를 했던 거고… 그런데 그런 요리를 만들 줄은……."

"호랑이발은 어떻게 구한 겁니까? 쉽지 않았을 텐데?"

"당연히 쉽지 않았지. 그거, 산삼 주고 바꾼 거야."

"산삼이라고요?"

"태국 애들도 산삼이라면 환장을 하거든. 차이나타운에 아는 밀수업자가 있는데 그 인간이 거래하는 태국 약재상이 웅담부터 사향, 곰발바닥까지 거래한다는 말을 들었거든. 처음에는 딱 잡아떼더니 산삼 사진 보내니까 바로 콜 오더라고."

"세상에나, 산삼까지 동원하셨단 말이로군요."

"자네 일이잖아? 내 솔직히 산삼 아니라 내 간을 반쯤 내놓으라고 했어도 주었을 걸세."

"사장님……."

"아이, 뭐 그렇게 감격할 필요 없고… 대신 이 죽이나 좀 더

주시겠나? 맛이 기가 막히네?"

"죽은 문제없습니다만 그렇다면 제가 비용을 너무 적게 드린 것 같습니다."

"비용은 충분하네. 나 닦달하던 형사 놈이 어디선가 온 전화를 받더니 바로 대우가 달라지더라고. 그 통쾌함을 돈으로 환산하면 1억쯤 되고도 남을 테니까."

"사장님."

"죽, 안 줄 거야? 이것도 거의 1억 가치는 되는 거 같은데?"

황창동, 빈 죽 그릇을 들고 환하게 웃었다.

*　　　*　　　*

장영순은 놀랍도록 빠르게 회복했다. 이틀 만에 자리에서 일어난 것이다.

"면목 없습니다."

원장이 직접 사과를 건넸다. 목숨을 살려달라고 찾아갔던 병원, 살길을 막을 뻔했던 원장이었다. 장영순은 말없이 죽만 먹었다. 민규가 보낸 약선죽이었다. 정기와 원기를 살리는 죽이었으니 병원에서 마련한 전복죽이나 잣죽은 거들떠보지도 않는 장영순이었다.

원장이 쩔쩔매는 데는 다른 이유도 있었다. 장영순이 큰손인 건 후원금 때문이기도 했다. 광희대병원은 후원금 제도를 갖고 있었다. 후원금에 따라 건강관리나 입원 혜택을 파격적으로 주었다. 그렇기에 억대 후원자들이 많았다. 문제는 그 억대 후원자들의 상당수가 장영순의 알선이었다는 것. 장영순 하나만 해도 누적 후원금이 30억에 가까웠으니 장영순의 심기를 건드리면 후원금 제도가 유명무실해질 정도였다.

"원장님."

죽을 다 먹은 후에야 장영순이 입을 열었다.

"예."

"어머니께 듣자니 닥터들이 이 셰프님을 그렇게 공박하셨다면서요?"

"그건……."

"그분이 이 병원에 죄를 지었나요?"

"……."

"저는 그게 섭섭했습니다. 병원에서 안 되면, 다른 방법이라도 동원해 보셔야 하는 것 아니었나요? 게다가 그분은 저를 위해 일부러 달려왔는데 의학이라는 권위를 내세워 면박하고 비난하고……."

"여사님……."

"인간에게 가장 중요한 게 의학인가요? 의학은 모든 것의 위에 군림해도 되나요?"

"이런 경우는 특이한 케이스라……."

"이 셰프님께 사과는 하셨나요?"

"했습니다만……."

"제 말은, 그분의 명예가 회복될 정도로 진심으로 하셨냐는 겁니다. 그 모욕을 받으면서도 저를 살린 용기에 버금갈?"

"……."

"듣자니 이 병원의 많은 환자들이 이 셰프님의 도움을 받았다고 들었습니다. 그 또한 묻고 싶습니다. 원장님은 알고 계셨습니까? 만약 알고 계셨다면 이 셰프님에게 무엇을 해주셨습니까?"

"여사님……."

"제게 말씀하셨죠? 가장 인도적인 병원이 되고 싶다고. 누구의 건강과 목숨이라도 최선을 다해 돌보는 박애의 현장이 되겠다고? 그래서 제가 거액을 선뜻 지원한 겁니다. 하지만 이번 일을 겪고 보니 실망스럽습니다."

"면목 없습니다."

"앞으로 지켜보겠습니다. 만약 제게 한 말씀이 다 허언이라면, 인도적인 의술을 펼칠 만한 다른 병원을 알아봐야겠습니다."

장영순이 일어섰다.

"어딜 가시려고? 아직은 무리하면 안 됩니다."

"이 죽, 이 셰프님이 보내오고 있는 것 알고 계시죠?"

"그건……."

"이 셰프님이 말했습니다. 이 죽까지 먹으면 가벼운 일상은

괜찮을 거라고. 조금 전에는 병원 산책도 마쳤지요. 크게 문
제가 없었습니다."

"……."

"그러니 제가 지금 누구 말을 따라야 할까요? 원장님입니
까? 이 셰프님입니까?"

"……."

"차 좀 대."

장영순이 운전기사에게 명을 내렸다.

"여사님, 아직 퇴원하면 안 됩니다."

원장이 만류하고 나섰다.

"미안하지만 이제 괜찮습니다. 그렇다면 이 셰프에게 인사
부터 해야죠. 원장님과 똑같은 사람이 되고 싶지는 않거든요."

"여사님."

"병원비는 제 사무실로 청구하세요. 바로 꽂아드리죠."

장영순이 원장을 지나갔다. 노모도 그 뒤를 따랐다. 문 닫
는 소리와 함께 원장이 휘청거렸다.

"원장님."

주치의가 원장을 부축했다.

"됐네. 괜찮아."

벽에 기댄 원장은 간신히 숨을 골랐다. 병원비 청구. 원래
장영순의 모든 비용은 무료였다. 거액의 후원금을 내는 까닭
이었다. 그걸 아는 그녀가 병원비를 거론하고 나왔다. 그게

무슨 뜻이겠는가? 병원의 대들보가 통째로 빠져나가는 기분이었다.

부웅!

장영순의 차가 도로에 올라섰다.

"전화를 할까요?"

운전하던 기사가 물었다.

"그냥 가. 바쁘신 분 귀찮게 하지 말고."

장영순의 대답은 묵직했다.

"어머니."

장영순이 노모를 돌아보았다.

"그래……."

노모가 장영순의 손을 잡았다. 죽었다 살아난 딸이었다. 모든 게 소중하고 고맙기만 했다.

"스님께서 예지를 주셨다고요?"

"그래……."

"뭐라셨나요?"

"기인을 만났으니 큰일 한 번 겪으면 앞으로 다 잘될 거라고."

"그 기인이 이 셰프님이겠죠?"

"두말하면 잔소리지."

"스님께는 절 보수 공사비를 넉넉히 보내 드리겠어요."

"그래, 그러자. 사람이 공덕을 쌓아야지."

"그럼 이 셰프님께는 무얼 해드려야 할까요?"

"뭐라도 해드려야지. 네 재산 반을 떼어 준들 아깝겠냐? 사람이 죽으면 그만이지."

노모의 눈에도 또 눈물이 맺혔다. 지금 생각해도 기막힌 순간이었다.

"맞아요. 죽은 저를 살려낸 요리. 그걸 돈으로 따질 수는 없겠죠."

"그럼, 그럼……."

대화하는 사이에 초빛이 눈에 들어왔다. 민규는 마당에서 손님을 배웅하고 있었다. 여전히 겸허하고 진솔해 보였다.

"어? 장 여사님!"

손님을 보낸 민규가 장영순의 차로 다가섰다.

"셰프님."

차에서 내린 장영순, 닥치고 큰절부터 올렸다.

"왜 이러십니까? 일어나세요."

장영순을 부축하는 사이에 노모도 큰절에 합세했다.

"이, 이러시면……."

"셰프님."

장영순, 큰절 자세에서 고개만 든 채 입을 열었다.

"여사님."

"죽었던 목숨이 셰프님 덕분에 살았습니다. 백팔배를 한들 그 은혜에 보답이 되겠습니까만 진심으로 감사를 드립니다."

"여사님… 일어나세요. 사람들이 봅니다."

"보라죠. 이 장영순이 누구 눈을 두려워하겠습니까? 제가 두려워하는 건 셰프님뿐입니다."

"여사님……."

"이 은혜를 돈으로 갚을 수는 없겠지만 제 재산이 대충 셈해도 수조 원은 넘습니다. 셰프님께 모두 드릴 마음도 있습니다. 돈이야 또 벌면 되는 것이고 저는 돈 버는 방법도 알고 있으니까요."

"……!"

장영순의 배팅에 민규가 휘청 흔들렸다. 수십억도 아니고 수조 원 이상의 재산. 그걸 줄 마음이 있다고 한다. 표정으로 봐서 농담도 아니었다.

수조 원…….

천하의 민규도 입을 다물 수 없는 액수였다.

2. 네 운은 내가 결정한다

"장 여사님."

"농담 아닙니다. 제 재산을 다 준다고 해도 되돌릴 수 없는 목숨이었으니까요."

"저 역시 돈을 바라고 최선을 다한 건 아니었습니다."

"알고 있습니다. 비서에게 시켜 체크를 했더니 생각보다 더 굉장한 분이더군요. 기부에 봉사에, 여러 불치병 치료까지⋯ 처음에는 와닿지 않던 것들이 이제는 다 믿어집니다."

"⋯⋯."

"돈이 그렇다면 다른 방법이라도 알려주세요. 새 목숨을 얻었으니 저도 뭔가 보답을 해야 살아갈 염치가 있을 것 아닙니까?"

"그러시다면……."

민규가 잠시 생각에 잠겼다.

장영순.

그녀와의 인연은 김순애가 발단이었다. 김순애는 주용길을 위해 그녀의 마음을 사길 원했다. 그렇게 연결하면 민규가 바랄 것은 하나였다. 주용길을 위해 올인 하는 것. 비록 지지 의사는 밝혔다지만 전폭적인 것은 아니기 때문이었다.

"주용길 의원님 지지해 주시기로 하셨죠?"

정리를 끝낸 민규가 말을 이어갔다.

"예."

"기왕 지지하실 거면 화끈하게 지지해 주시면 좋겠습니다."

"그렇게 하죠."

"또 하나는 황창동이라고 제기동 약업사 주인입니다."

"약업사요?"

"여사님 회생요리에 필요한 약재를 구해 왔는데 거래 금지 품목이 하나 있어서 경찰에까지 잡혀가는 곤혹을 치렀습니다. 재료비야 제가 지불을 했지만 여사님이 작은 선물이라도 보내면 큰 위로가 될 것으로 봅니다. 그 재료가 없었다면 회생요리를 만들지 못했을 거거든요."

"그런 일이라면 당연히 제가 인사를 해야죠. 바로 인사를 챙기겠습니다."

"그뿐입니다. 여사님께 드린 회생요리비는 김순애 여사님이 지불을 하셨거든요."

"김순애… 언제 지불을 했나요?"

"여사님이 사망진단을 받자마자요."

"내가 그대로 죽었다면 누가 물어주지도 않았을 돈인데……."

장영순의 표정이 진지해졌다. 대가를 바라고 쓴 돈이 아니라는 걸 안 것이다.

"그 여자… 은근히 사람 마음 녹이는군요."

"여사님도 그렇지만 김 여사님도 좋은 분입니다. 제 후원자이기도 하고요."

"그건 그렇고 셰프님 쪽은요?"

"저요?"

"그냥 넘어갈 생각 마세요. 이 장영순이 은혜도 모르는 인간으로 남을 수 없습니다. 여기 식당… 굉장히 좋은 입지지만 셰프님의 명성과 품격에 비추어 볼 때 초라한 면이 있습니다. 이 일대 땅을 모두 매입해서 마음에 드는 식당으로 만들어 드릴까요? 대한민국, 아니, 세계 최고의 명품 음식점으로 손색이 없도록?"

"여사님."

"저기 강변까지 이어지는 산책로를 내고 약선요리, 궁중요리에 걸맞는 궁궐식, 한옥에 정자를 몇 채 지어 연결하면 좋을 것 같은데요? 연못도 하나 더 내서 운치를 더하고 산책로에 우리 토종 꽃들을 심으면? 그게 아니면 다른 부탁도 좋아요."

"저는 지금도 만족하고 있습니다."

"압니다. 하지만 셰프님의 그릇은 여기까지가 아닙니다."

"여사님."

"허락해 주세요. 그렇지 않으면 제 마음이 편치 않습니다."

"일단 뜻은 받아들이죠. 부탁할 문제들은 차츰 생각해 보기로 하고요."

"약속하신 겁니다."

"예."

"그럼 일단 약선죽 한 그릇 부탁드려요."

"그건 걱정 마시죠."

"제가 아니고 우리 어머니와 셰프님 것으로요."

"예?"

돌아서던 민규가 걸음을 멈췄다.

"저를 위해 고생하신 두 분께 드리는 작은 마음입니다. 부탁합니다."

"애……."

노모가 장영순을 말렸다.

"어머니는 가만 계세요. 경영입네 비즈니스네 하면서 어머니를 한 번도 제대로 못 챙겼어요. 죽는 순간이 되니 그걸 알겠더라고요."

"얘가 왜 안 하던 짓을……."

노모가 눈물을 훔쳤다.

"그리고 그 죽 쑤는 법, 저도 좀 알려주셨으면 해요. 셰프님 약선요리가 좋다고 날마다 올 수 있는 것도 아니니 가끔은 제가 어머니께 쒀드리고 싶어요. 부끄럽지만 아직 단 한 번도 어머니께 식사를 지어 올린 적이 없거든요. 강사료는 얼마든지 낼게요."

"그런 이유라면 무료로 알려 드리겠습니다. 따라오세요."

"얘……."

혼자 남은 노모가 애절한 표정을 지었다. 그녀는 결국 눈물을 흘렸다. 저승에서 돌아온 딸. 살아서 움직이는 것만 해도 고마운데 철까지 들었다. 그게 벅차 견딜 수가 없었다.

"입으시죠."

재희의 숙수 요리복을 건네주었다. 조금 작지만 제법 프로 주부의 티가 났다.

"손부터 씻으시고요. 요리의 시작은 손 세정입니다."

"네."

"어르신들에게는 타락죽이 최고죠. 일단 타락죽을 배워 가시고 다른 죽은 차츰 배우시기 바랍니다."

"왠지 떨리는데요?"

장영순이 손을 닦으며 말했다.

"타락죽은 우유죽입니다. 신선한 우유가 좋고 아니면 염소

젖이나 양젖도 좋습니다. 타락죽을 만드는 법도 여러 가지가 있는데 일단 타락부터 시작합니다."

"……."

"우유를 냄비에 넣은 뒤 중불에서 끓이시고 우유가 끓기 시작하면 거품을 걷어내세요. 그런 다음에 식초 물을 넣어 저어준 후에 불을 끄면 됩니다. 이렇게 한 김이 나가면 7도쯤 되는 보온기나 전기장판 위에서 30분 정도 숙성시키면 끝이죠. 시간이 되어 뚜껑을 열면 우유가 엉겨 있을 겁니다. 보시죠."

30분 후에 민규가 뚜껑을 열었다. 타락은 마치 뽀얀 숨결처럼 엉겨 있었다.

"이 물을 그릇에 따라 보관해 두었다가 다음번 타락을 쑬 때 사용합니다. 그러면 식초는 넣지 않아도 됩니다."

"아……."

"타락죽을 쑬 때는 먼저 물에 불린 쌀을 물과 함께 갈아서 체에 밭쳐 앙금을 내셔야 합니다. 이 앙금을 수미분 혹은 쌀무리라고 합니다. 이 무리로 되직하게 죽을 쑤다가 거의 익었을 때 우유를 넣고 뭉근한 불에서 고루 저어가며 반투명한 상태가 되도록 끓이면 됩니다. 무리는 넉넉히 만들어 말려두었다가 사용해도 됩니다. 맛을 보시죠."

민규가 완성된 죽의 일부를 덜어 주었다.

"후와아, 부드러운 게 꼭 크림 같네요. 맛도 너무 고소하고요."

"타락은 누구에게나 좋지만 특히 노인들에게 좋은 죽입니다. 오래 복용할수록 좋지요."

"좋아요. 그럼 이제 제가 한번 해볼게요."

장영순이 팔을 걷고 나섰다. 서툴지만 처음부터 끝까지 혼자 힘으로 타락죽을 쑤었다. 저을 때는 숨도 쉬지 않았다. 그 죽을 먹을 사람들. 노모와 이민규. 하늘 같은 고마움을 알기에 성심을 다하는 장영순. 그녀로서는 처음이었지만 힘들지 않았다. 죽었을 목숨이 살아난 까닭이었다.

죽도 그녀가 퍼 담았다. 재희가 마련해 준 잣 고명도 스스로 올렸다. 그녀는 흡사 수라간의 어린 나인처럼 정성껏 쟁반을 들고 내실로 들어갔다.

"드세요."

테이블에 내려놓고 죽을 가리켰다. 대상은 노모와 민규였다.

"얘……."

"먹어봐요. 이 셰프님 지도로 만들었으니 완전 꽝은 아닐 거예요. 지금까지는 그저 돈에, 사회 활동에만 미쳤지만 앞으로는 어머니에게도 잘할게요."

"얘……."

"셰프님도요."

"아, 예……."

별수 없이 숟가락을 들었다. 맛은 나쁘지 않았다. 나름 열심히 저은 까닭이었다. 그 방향이 고르지 못해 고소하고 부드러운 맛이 제대로 섞이지는 않았지만 보통 사람이라면 알 수 없는 일이었다.

"좋다. 니가 쑨 죽을 다 먹어보다니……."

"많이 먹어요. 모자라면 또 쒀 올게요."

장영순이 기개를 뿜었다.

환생.

장르소설 아니면 영화에서나 가능한 일. 그걸 이룬 장영순은 굉장히 겸허해져 있었다.

그날 저녁, 굉장한 뉴스들이 거푸 날아들었다. 시작은 황창동이었다.

―이 셰프.

그렇잖아도 괄괄한 황창동. 목소리가 벽력처럼 들렸다.

"왜요? 좋은 일 있으세요?"

―알면서 왜 시치미야. 그 여자가 왔다 갔어.

"그 여자요?"

―이 셰프가 특별한 요리 만든다고 재료 구해달라던…….

"장영순 여사님요?"

―그래. 이 양반이 와서 허리 굽혀 인사를 하더니 감사의 인사라면서 사례금으로 1억이나 주고 갔어.

"그래요?"

―뭐가 그래요야? 비용은 이 셰프에게 다 받았는데 이게 웬일이래?

"그냥 넣어두세요. 욕도 보셨잖아요?"

—진짜 받아도 되는 거야?

"당연하죠. 대신 앞으로도 저 많이 도와주세요."

　—도와주는 거야 무조건이지. 이 셰프 일이 내 일이고 내 일이 이 셰프 일인데…….

"제가 인사 좀 챙기라고 했거든요. 그분 능력이 그 정도는 되니까 사장님도 보너스로 생각하세요."

　—으어어, 1억이라니… 내 평생 이런 횡재는 처음이네. 나 양심상 이거 다 못 써. 그러니까 이 셰프랑 반땅이라도 하자고.

"그럼 그 반땅은 어려운 곳에 기부하세요. 사장님 이름으로."

　—그래도 되겠어?

"네. 약속하신 겁니다."

　—알았어. 아이고, 내 주제에 기부도 해보게 생겼네.

황창동이 전화를 끊었다. 민규 기분도 덩달아 좋아졌다.

두 번째 전화는 주용길이었다.

　—이 셰프…….

그의 목소리는 황창동과 반대로 나왔다.

"의원님."

　—아까 장영순 여사를 만났네. 자네 대체 뭐라고 한 건가?

"문제가 있습니까?"

　—장 여사 말일세… 당직 하나 줘서 우리 편이라고 못을 박고 싶었는데 씨알도 안 먹히더니 수락하겠다는 뜻을 밝혀왔네. 자네 덕인 줄 알라면서…….

"그게 의원님 인덕이지 왜 제 덕입니까?"

―아무튼 고맙네. 장 여사가 살아난 것만 해도 더할 수 없는 일이었는데 이렇게 적극적으로 나서주니 백만 대군을 얻은 기분일세.

"두 분이 좋은 인연이 되기를 바랍니다."

―그래. 내 조만간 찾아가 인사함세. 저번에 말한 그 사람과 함께 말이야.

"그러시죠."

통화를 끝냈다.

고진감래.

그 단어가 실감이 났다. 피를 말리며 만들어낸 기사회생요리. 그 요리의 보람이 줄줄이 딸려 오는 것이다. 장영순의 뒤처리는 한마디로 아름다웠다.

창고로 갔다. 기사회생요리 '천지인부활미음'. 만들고 남은 재료들이 몇 가지 보였다. 다시 봐도 아찔하다. 그 요리의 구현은 하늘의 축복이 틀림없었다.

二藥水 三靈草 五穀 龍材 六氣 五臟 六腑 天地人陰陽一致 三人求……

비기로 적혔던 단어들이 파일 이름 지나가듯 스쳐 갔다. 그리고 마지막 단어에서 멈췄다.

三人求.

세 사람을 구할 수 있다는 뜻.

이 말이 100%라면 아직 둘을 더 구할 수 있다는 뜻이었다. 식재료 칸을 열었다. 호랑이발과 낙타 재료가 보였다. 그 둘을 봉인하듯 고이 싸 냉동 칸에 넣었다. 냉동 칸은 식품의 진기를 죽인다. 그러나 혹시, 나중에 혹시 다시 이 비기를 만들어야 한다면… 그때 혹시라도 이 재료들을 구할 수 없다면, 냉동이라도 꺼내 진기를 살려야 한다는 생각이 들었다.

三人求…….

그 말은 사실일까?

정말 둘을 더 구할 수 있는 걸까? 아니면… 장영순으로 마지막일까? 아니면… 천지인부활미음을 만들 수 있는 한 숫자 제한 없이 기사회생을 시킬 수 있는 걸까?

28%의 성공률.

메신저들이 꿈에서 한 말이었다

또 다른 말도 있었다.

10세기에 한 번 나올 수 있는 궁극의 약선.

그들이 말한 '한 번'은 횟수로써의 한 번일까?

*　　　　*　　　　*

촤아아!

비가 내렸다.

비가 좋았다.

민규는 노란 우산을 쓴 채 연못을 바라보고 있었다. 오전의 약선죽 태풍은 지나갔다. 점심 예약을 앞둔 잠깐의 평화였다. 빗방울은 연못 위에 무수한 파문을 만들었다. 파문들은 저희들끼리 속삭이다 사라졌다.

'김성술……'

점심 식사의 마지막에 예약된 이름 하나를 연못 위에 띄웠다. 빗방울이 떨어져도 그 이름은 선명했다. 왕실문화연구원 이사장이다. 교육부 장관까지 지낸 거물이다. 이제는 청와대 비서관에 영부인까지 막연한 민규. 몇몇 장관들도 안면을 튼 사이니 옛날 교육부 장관이 부담스러울 리 없었다. 그럼에도 그 이름을 곱씹는 건 그의 부친이 김강률이기 때문이었다.

김강률.

고종의 전문 통역관.

고종 암살의 배후 인물 중 하나로 꼽히지만 시간 속에 부서진 의심의 화살… 그는 아들 김성술에게 엄청난 부귀영화를 물려주고 죽었다. 그런 아들이 민규의 초빛에 오는 것이다.

대령숙수.

그 단어에 얽매이지는 않았다. 지금은 고려시대도 조선시대도 아니었다. 그러나 원조 대령숙수 권필의 자세를 받은 마당에 왕을 독살한 의심을 받는 자의 후손에게 궁중요리 향연을 베푸는 것도 좋아 보이지는 않았다.

'직관에 맡기는 수밖에.'

민규가 돌아섰다. 점심 예약의 첫 주자가 들어서고 있었던 것이다.

—약선장생국수.

—약선산야초튀김.

—궁중소방.

—궁중설야멱적어쌈.

—마통차.

며칠 동안 정신없이 만들어댄 메뉴들이었다. 영국 여왕 때문이었다. 만찬의 메뉴가 방송으로 밝혀지자 또 한 번의 신드롬이 되었다. 칠순을 맞은 가족들은 무지개설기를 원했고 마통차 또한 빠지지 않았다. 마통차는 여왕의 메뉴가 아니었지만 많은 이들의 호기심을 끌었다. 덕분에 제주도에서 망아지 똥을 공수받느라 애를 먹은 민규였다.

"히야, 이게 말똥차란 말이지?"

"이 사람, 무식하게 말똥이라니? 마통차. 이게 왕들이 마시던 차라잖아?"

손님들의 단골 멘트였다. 그렇다고 말똥 냄새 폴폴 풍기는 것은 아니었으니 호기심으로 시킨 사람들도 만족을 하고 돌아갔다.

오후 1시 30분.

점심 예약의 끝 무렵에 김성술이 등장을 했다. 흰 세단이 서자 운전기사가 내려 우산을 펼쳤다. 반대쪽에서는 30대 후반의 여자가 내렸다. 비서실장일까? 70대의 김성술과 30대의 여자. 그림이 맞지 않지만 신경 쓰지 않았다.

"요즘 뜨는 이민규 세프시군?"

김성술의 첫마디가 나왔다. 딴에는 품격이 있는 척하지만 오만과 고압으로 범벅이 된 목소리. 상극의 부조화처럼 귀에 거슬렸다.

"모시세요."

여자의 목소리도 닥치고 명령조. 제대로 유유상종이다. 내실로 안내를 했다.

"나 이런 사람이오."

명함도 거만하게 나왔다.

왕실문화연구원 이사장.
조선왕조 정신문화계승원장.

금박으로 박아둔 직함이 굵직했다.

"말씀 많이 들었습니다."

"자네가 정통 궁중요리를 한다고?"

"조선의 궁중이 문을 닫은 지 100여 년이니 정통이라 할 수는 없고, 흉내는 열심히 내고 있습니다."

"내 선친께서 대한제국 황제의 입이셨네."

단숨에 민규를 가로막는다.

"예?"

"영어, 중국어, 러시아어 등 4개 국어를 하시는 조선 최초의 동시통역사였거든. 덕분에 황제가 맞이하는 외국사절과의 만찬에도 빠짐없이 참석하셨고. 언어의 입이자 수라의 입이었던 셈이지. 안 그런가?"

"……"

"셰프 요리가 진퉁인지 짝퉁인지는 내가 먹어보면 안다는 말이네. 선친에게 귀에 못이 박히도록 들었고 나 또한 한평생 왕실문화를 연구했기에."

김성술의 자부심은 한마디로 쩔었으니 박세가의 초기 싸가지 상실 버전보다 두 수는 위였다.

중국의 사신……

그들 중에 이런 사람들이 있었다. 황제의 심부름을 온 걸 빌미로 황제의 대우를 받으려던 인간들.

통역관……

그들 중에도 이런 인간들이 있었다. 통역을 빙자해 황제나 사신의 권위를 함께 누리고 불법 교역으로 호의호식 대우에 궁녀까지 상납받던 인간들…….

그렇게 삐뚤어진 인간들은 대령숙수를 밥하는 하인쯤으로 여기는 경우가 많았다. 김성술도 그런 부류에 속했다.

그래?

그렇게 누리고 싶다면 당신 수준에 맞춰주지.

왜냐면…….

나는 당신에게 알고 싶은 게 많으니까. 그러니까 오늘 한 번은 제대로 비위를 맞춰주겠어.

민규는 바로 자세를 낮췄다. 아주 많이…….

土형에 가까운 木형.

미각 등급은 A에 小食.

비위에 돌연한 혼탁.

여자도 木형.

미각 등급 B에 平食.

오장과 음부 부분에 혼탁.

체질 리딩을 끝냈다. 재미난 결과가 나왔다. 체질이 비슷한 것이야 그럴 수 있다고 쳤다. 그런데, 둘 다 기력이 바닥이다. 김성술은 비위 저하로 입맛을 잃었다. 비서실장은 오장의 허함으로 온 칠상중으로 보였다. 몸이 허약한 상태가 오래되면 칠상증이 된다. 하복부가 차고 아랫배가 당기며 소변을 자주 보게 된다.

둘의 분위기로 보아 내연 아니면 연인 관계. 어쨌거나 둘 다 입맛이 없었다. 그러니 궁중요리나 약선요리로 입맛을 찾으러 온 것이다.

"오늘 모처럼 궁중요리를 제대로 아시는 분을 만났습니다. 성심껏 모시겠습니다."

민규는 자세를 '많이' 낮췄다. 그 누구에게도 비굴하지 않던 민규. 하지만 오늘은 비굴하게 보일 정도였다.

"이 친구, 사람 볼 줄 아는군?"

김성술의 표정이 단박에 풀어졌다. 소인배는 칭찬을 즐긴다. 그 칭찬이 눈에 보이는 아부라 할지라도 개의치 않는다.

"궁중요리를 하지만 부족한 게 많습니다. 이사장님께서 왕실문화를 연구하셨으니 궁중요리에도 일가견이 있을진대 가르침을 주시면 오늘 요리값은 강의비로 대신하고 싶습니다."

"오, 젊은 친구가 멘탈까지 제대로군. 일단 요리를 내오면 내가 평을 해주지. 그게 뭐 어렵겠나? 나에게는 그저 일상인 것을."

거만이 하늘을 찌른다.

"그렇다면 제가 두 분의 체질에 맞추어 정성껏 차려보도록 하겠습니다."

"우리 체질을 안단 말인가?"

"약선요리를 하다 보니 체질 공부를 하게 되었습니다. 잠시만 기다려 주십시오."

"아, 그보다 쓸 만한 식혜가 있으면 한 컵 부탁하네. 궁중식혜라면 더 좋고."

식혜?

민규가 나오던 걸음을 멈췄다.

"체질도 식혜와 잘 어울리던데 혹시 집안 내력이십니까?"

"그렇다네. 내 선친께서도 식혜라면 사족을 못 썼지."

"예……."

인사를 두고 복도로 나왔다.

"형."

종규가 다가왔다.

"왜?"

"왜 그래? 저 사람이 그렇게 대단해? 나 몸에 두드러기 났어. 이 닭살 소름 좀 봐."

"이유가 있어서 그런다. 그러니 비위 상해도 모른 척하고 이거나 가져다 드려라."

민규가 요수와 천리수에 식혜 한 잔을 더해주었다.

식혜.

내주면서도 마음에 걸렸다.

"허얼!"

쟁반을 받아 든 종규가 어깨를 으쓱해 보였다. 우리 형, 왜 저런담?

—약선황기옥죽석곡죽.

—궁중모로계잡탕.

—약선초과소꼬리찜.

—궁중해탕.

—궁중익비병.

—궁중요화삭.

—약선진피차.

일단 일곱 가지 요리로 테이블을 세팅해 주었다. 옥죽석곡 죽을 비롯해 초과를 넣은 꼬리찜, 익비병까지. 모두 비위 향상 과 식욕부진을 잡는 구성이었다.

비서실장의 죽에는 둥글레와 황정가루를 첨가했다. 황정은 술로 한 번 찐 것이었고 둥글레는 말린 것이었다.

이 둘은 오장이 허해서 생기는 칠상증에 딱이었다.

술은 출주를 내왔다. 두 사람의 이름을 띄우지 않았으니 미 완성이지만 아부용으로는 그만한 게 없었다.

"정성껏 마련해 보았습니다. 어떠신지요?"

민규가 몸을 바짝 낮추며 물었다.

"때깔은 나쁘지 않군. 그런데 궁중요리의 기본이 뭔 줄은 알고 있나?"

다시 거드름 작렬.

"그 기본이 약식동원이라고 배웠습니다."

"그럼 약식동원의 기본은?"

"음양오행입니다."

"으음… 항간에 떠도는 말이 허무맹랑은 아니로군. 자네가 체질식에 궁중요리를 제법 한다더니 말이야."

"이 요리들도 체질식입니다. 그리고 이건 이사장님의 애로를 덜기 위한 특식입니다."

민규가 내민 건 교이(餃飴)였다. 교이는 찹쌀로 죽을 쑤어 만든다.

그걸 식힌 뒤 엿기름가루를 버무려 따뜻한 곳에서 숙성을 시켰다.

많이 졸이면 엿처럼 되지만 떠먹기 좋도록 묽은 조청식으로 냈다.

"내 애로?"

"요즘 입맛이 도통 없지 않습니까? 아까 드신 약수에 더불어 몇 수저 드시면 입맛이 돌아올 겁니다."

"제법 체질을 볼 줄 아는군? 하지만 입맛이 없기는 여기 내 비서실장도 마찬가지네만 왜 같이 주지 않는가?"

"이사장님 입맛은 비위가 약해진 까닭이지만 실장님은 오장이 전부 약해져서 생겼습니다. 그걸 칠상증이라고 하는데 거기 알맞은 둥굴레와 황정을 따로 가미했으니 걱정하지 않으셔도 됩니다."

"어머!"

듣고 있던 비서실장이 반색을 했다.

"그리고 이건 이어담인데 눈에 한 방울 넣으시기 바랍니다. 이사장님의 용안이 너무 흐려져 있습니다."

"용안?"

"지금 궁중요리를 받아 심사를 하고 계시지 않습니까? 제게는 왕과 다름없으십니다."

"허어, 이 친구 아부도 수준급일세? 그나저나 이어담이라면 잉어쓸개 아닌가?"

김성술은 대부분의 용어를 알아들었다. 궁중문화를 연구한다는 게 허풍만은 아닌 것이다.

"북한강 상류에서 잡은 자연산 잉어의 이어담입니다. 눈은 마음의 창이니 이사장님의 품격을 높여줄 것입니다."

"뭐 동의보감에 그런 처방이 있기는 하지. 한번 해볼까?"

김성술이 비서실장을 바라보았다.

"주세요. 제가 넣어드릴게요."

쓸개를 받은 비서실장, 마치 연인을 대하듯 한 방울씩 떨구어주었다.

"웅?"

몇 번 눈을 끔뻑거린 김성술, 눈빛이 맑아졌다. 잉어 쓸개 중에서도 최고의 약효를 머금은 것이니 틀릴 리가 없었다.

"뭐야? 우리 비서실장이 굉장히 섹시해 보이는데?"

"이사장님도……."

김성술이 어깨를 잡자 내숭으로 화답하는 비서실장. 예상대로 둘은 보통 사이가 아니다. 어쨌거나 민규의 초구는 제대로 스트라이크가 되었다.

"내친김에 이것도 눈썹에 발라보시죠. 젊을 때처럼 눈썹이 풍성해질 겁니다."

민규가 제2구를 꽂아 넣었다.

"이건 또 뭔가?"

"기러기 기름입니다. 귀한 건데 용미(龍眉)의 주인이 되실 만한 것 같아서……."

용미라면 용의 눈썹. 비유대로 하자면 왕의 눈썹이니 김성술의 입이 또 벌어졌다. 기름 역시 비서실장이 발라주었다.

"눈썹이 시원한데?"

김성술의 말투가 조금 더 풀렸다. 거기서 3구를 넣었다.

"이제 이 한지에 이사장님과 실장님의 성함을 각기 적어주시겠습니까?"

"……?"

"아시겠지만 제가 궁중 정통 출주를 가지고 있습니다. 그런데 이 술이 부득이 자기 이름을 띄워야만 효과가 나는 술이기에… 물론 두 분은 다 아실 것으로 믿습니다만……."

"출주도 만들 줄 아는가?"

"이번에 영국 출장요리에서 영국 여왕에게 좋은 평을 받았습니다. 하지만 이사장님처럼 고명하신 분께 평가를 받아야 옳을 것 같아서 준비했습니다."

"그렇다면 마땅히 써야지."

김성술이 팔을 걷어붙였다. 한지와 먹으로 이름을 썼다. 먹이 마르길 기다려 각각의 작은 항아리에 이름을 넣었다.

"이 술을 마시면 모든 잔병이 사라지고 백발이 검어지며 빠진 이도 다시 난다고 배웠습니다. 두 분의 정기 보완을 위해 꿀에 축여 볶아낸 황기를 더했으니 원기 회복에 도움이 될 것으로 봅니다. 다만 복숭아와 상극이니 오늘 요리에 복숭아 관련 요리는 나오지 않을 것입니다."

민규가 첫 잔을 따랐다. 술은 깊은 홍색을 띠고 있었다. 원래는 하룻밤을 지나야 하는 법. 그러나 민규가 맨드라미즙을 살짝 떨어뜨려 발색을 한 상황이었다.

"실장님 쪽에는 다이어트에 좋은 조엽과 연꽃씨를 넣었으니 마음 놓고 드셔도 됩니다."

"어머, 그럼 많이 먹어도 안 찌는 거예요?"

비서실장, 자기까지 챙겨주니 반색을 한다.

"술은 삼배라 하니 세 잔을 올리겠습니다."

분위기를 탄 민규가 거푸 세 잔을 채워주었다. 민규 말에 홀린 두 사람은 세 잔을 다 받아 마셨다.

"최고의 식재료와 약재를 쓴 요리들이니 편안하게 즐기시기 바랍니다."

"알았네."

출주로 인해 살짝 취기가 돈 김성술. 화장실에서 돌아온 비서실장과 식사를 시작했다. 죽부터 제대로 입에 붙었다. 아침까지만 해도 뭔가를 먹으면 입안이 까칠해지면서 속이 더부룩하던 상황. 그런데 민규의 음식은 부담 없이 내려가는 것이다.

'흐음.'

김성술이 교이를 바라보았다. 아직 절반 가까이 남은 것. 아무래도 저 효과인 것 같아 싹싹 비워냈다. 이어 물잔에 남은 요수 한 모금을 들이켜자⋯⋯.

"⋯⋯?"

몸이 민들레 홀씨처럼 가뜬해지는 게 아닌가?

"진 실장은 어때? 요리가 괜찮은데?"

김성술이 비서실장을 바라보았다.

"저도 입맛이 돌아요."

"거 많이 좀 먹으라고. 맨날 비실거리지 말고."

"자기도, 읍⋯ 아니 이사장님도 남의 말 말고 많이 드세요."

평소 버릇이 나오던 실장이 급 말투를 바꿔놓았다.

"좋군. 술도 한 잔 더."

김성술이 출주를 따랐다. 둘의 술잔은 단숨에 비어버렸다. 민규가 들어온 건 조금 후였다. 문을 여는 동시에 테이블을 보았다. 접시는 거의 바닥을 드러내고 있었다.

"요리 어떻습니까?"

알면서도 요식 행위로 물었다.

"이만하면 궁중요리 한다는 말, 할 만하네."

"감사 인사로 한 잔 올리겠습니다."

다시 술부터 따랐다.

"출주라고 했나? 과연 명주야. 10년은 젊어지는 기분일세."

"모로계잡탕은 어땠습니까? 이사장님을 위해 진짜 모로계를 썼습니다만… 다른 사람들은 그 맛을 모르더군요."

"이게 진짜 모로계였단 말인가?"

김성술이 물었다.

모로계.

이슬만 먹고 자란 암탉이라는 뜻이었다. 과거의 왕실에서야 모르겠지만 요즘 시대에 가당치도 않은 일. 그렇기에 김성술도 눈만 끔벅거리고 있었다.

"진짜 모로계입니다. 확인시켜 드릴 수도 있습니다."

민규가 신호하자 재희가 들어왔다. 재희가 내려놓은 접시에는 다섯 가지 닭고기가 놓여 있었다.

"이사장님 앞의 것이 모로계이고 다른 것은 그냥 여러 닭들입니다. 맛을 보시죠."

민규의 권유에 김성술이 젓가락을 들었다.

"……?"

그 맛은 과연 달랐다. 당연했다. 민규의 모로계는 진짜였다. 실한 재래 암탉 한 마리를 골라 역류수를 먹여 위장 내용물을 다 토하게 한 후에 추로수만 먹였던 것. 추로수는 가을 이슬이니 닭고기의 피부가 윤택해져 겉보기는 물론이고 맛에서도 확연히 차이가 났다. 미식에 가까운 미각을 가진 김성술. 그걸 모를 리 없었다.

"허어, 다르군. 혀에 닿는 촉감부터 달라. 뒷맛도 깔끔 담백하고……."

"부족한 솜씨를 인정해 주시니 고맙습니다. 약속대로 오늘 요리값은 받지 않겠습니다."

"정말인가?"

"귀한 가르침을 주시지 않았습니까? 정말이지 왕을 모시는 기분입니다."

"허헛, 역시 사람 볼 줄 안다니까."

웃는 사이에 빈 잔을 채워놓았다. 실장의 잔도 그랬다. 두 사람은 제대로 취했으니 이제 술이 술을 마시기 시작했다.

"아까 말씀하시길 이사장님 선친께서 고종 황제를 마지막까지 모셨다고요?"

"그랬지. 말년의 고종 황제는 우리 아버님 없으면 시체였다네."

"존경스럽습니다."

민규가 고개를 숙였다.

"그래야지. 우리 선친께서 보통 사람인 줄 아나? 솔직히 말하면 고종은 허수아비에 불과하고 선친이 조정을 쥐고 흔들었다네."

김성술이 풀어지기 시작했다. 술 앞에 장사가 없는 것이다.

"고종 황제의 입 노릇을 하셨다니 그럴 만도 하겠군요."

"당연하지. 일본의 작위를 받은 대신들도 우리 선친 앞에서는 깨갱이었다네. 나중에 미두신(米豆神) 명성을 들은 것들도 다 우리 선친 덕을 본 것이고."

"미두신이라면?"

까닥!

거기서 김성술이 손가락을 모아 팔랑거렸다. 다가오라는 신호였다. 그 옆에 앉자 민규 뒤통수에 손을 올렸다. 톡톡, 기분 나쁘게 건드린다. 그냥 참았다.

"일본이 인천에 만든 미두취인소 말일세. 조선판 선물거래소라고 할 수 있지. 당시 조선에서 방귀 좀 뀌던 놈들은 다 거기서 떼돈을 만졌는데 그중 5할이 우리 아버지 덕분에 재물을 모은 것들이라네."

"대단하셨군요."

"암, 당시 우리 선친 눈 밖에 나면 다 이거였지. 그렇게 명줄 끊긴 인간들이 수십 명에 달할걸?"

"와우."

"선친이 그렇게 덕을 쌓은 까닭에 나도 후광 좀 입었지. 장관도 해봤고 정부투자기관장도 하고… 그 덕에 아직도 장영순이니 고달재니 하는 재력가들이 일 년에 십수 억씩 재단 후원금을 내지 않겠나?"

장영순?

민규 귀가 솔깃 반응을 했다.

"최근에 주용길 의원을 지지하고 나선 그 장영순 말입니까?"

"아나?"

"단골 중의 한 분입니다만……."

"굉장한 능력자지. 우리 재단에 후원도 하지만 내 회사의 대주주이기도 하지. 언제 내가 슬쩍 띄워줄 테니까 잘해보라고. 떡고물이 좀 떨어질 수도 있으니……."

김성술이 술잔을 잡았다. 오랜만에 땡긴 식욕이 음주량에 불을 붙인 것이다.

"그렇다면……."

술을 채워준 민규, 슬그머니 본론을 꺼내놓았다.

"고종 황제의 독살설도 잘 아실 것 같습니다만……."

"고종의 독살?"

김성술이 고개를 들었다.

"예."

"자네도 거기 관심이 있었나?"

"제가 궁중요리를 하다 보니……."

"좋아. 그런데 왜 고종이 독살되었다고 생각하나? 뇌일혈이나 심장마비로 인한 자연사로 발표되었는데?"

"고종의 체질 때문입니다."

"체질?"

"제 기준으로 그분은 선천적으로 심장이 강한 火형 체질입니다. 화형 체질을 극하려면 짠맛이 상극인데 커피를 애용하고 배를 듬뿍 넣어 먹던 냉면 마니아였던 것을 고려하면 짠맛으로 몸을 망친 것도 아닙니다. 그렇다면 심장마비는 일어나기 어렵습니다."

"이제 보니 숙수가 아니라 어의라고 해야 하지 않겠나?"

"제 견해가 틀렸습니까?"

"글쎄, 고종이라는 인간이 내 앞에 있는 것도 아니니 어찌 알겠나? 셰프 말대로 그가 화형 체질인지 아니면 애첩 궁녀와 즐기다 복상사로 심장이 멈췄는지."

"그것도 선대인께 들으신 말씀입니까?"

"선친이 들려준 설은 너무 많다네. 고종이 궁녀와 긴 밤을 즐기고 커피 한 잔을 가져오라 했는데 시달림에 지친 궁녀가 독약을 넣어 살해를 하고 자신은 한강 물에 몸을 던졌다는 이야기부터, 소심한 성격이라 열강의 시달림에 주눅이 들어 심장마비에 이르렀다는 이야기까지."

"일제의 살해 사주 이야기는 없었습니까?"

"일제? 누가 그런 소리를 해?"

발끈한 김성술이 접시를 거칠게 밀었다. 놀란 비서실장이 고개를 들지만 바로 졸아버린다. 그녀의 음주량도 심한 오버 상태였다.

"그럼 혹시 이런 것을 본 적이 있으십니까?"

민규가 메모 하나를 꺼내놓았다.

기사회생요리방.

제목 아래로 기사회생요리방의 식재료들이 쭉 나열된 메모였다.

二藥水 三靈草 五穀 龍材 六氣 五臟 六腑 天地人陰陽一致 三人求……

"……!"

그걸 본 김성술의 눈빛이 얼음장처럼 굳어버렸다.

동시에 민규의 여덟 판별법이 칼 각을 세웠다. 독심술은 없지만 눈썰미가 반응하는 것이다.

이자.

알고 있다.

민규의 눈빛이 소리도 없이 출렁거렸다.

"아시는군요?"

민규는 틈을 주지 않았다. 흔들리는 눈빛을 캐치한 것이다.

"선친의 유품에서 보았네. 그 양반 사후에 분실되고 없지만……."

"출처도 아시나요?"

"궁궐 대령숙수라고 들었네. 당시 6대째 숙수로 있던… 그러나 고종 독살을 사주받고 모의를 하다 발각되어 자살한."

"러시아의 사주 이전에도 독살 사주가 있었던 겁니까?"

"열강들의 쟁패장 아니었나? 아마 모든 열강들이 거추장스러운 고종을 치우고 싶었는지도 모르지."

"그런데 어떻게 선대인께서?"

"말했지 않나? 내 선친은 당시 고종의 문고리였네. 벼슬이 높지 않았을 뿐 요즘 대통령 비서실장은 저리 가라였지."

"제가 그 요리를 좀 배우고 싶은데 도움을 주실 수 있겠습니까?"

"자네는 그걸 어디서 찾았나?"

김성술의 목소리가 카랑하게 갈라졌다.

"일본 고베에서 오신 손님이 신기한 레시피가 있다며 주고 갔습니다."

디테일은 말하지 않았다. 사안을 밝히는 데 도움이 될 것도 아니기 때문이었다.

"고베라……."

"좀 더 상세히 설명해 주실 수 있습니까?"

"궁중에 있을 수 있는 명암의 일환이지. 왕을 살리려는 신하들의 부질없는 충성심."

김성술이 메모를 반으로 찢어버렸다.

"그 책의 원본도 필사본이더군요. 패악무도한 누군가가 그 부분을 찢어 진실을 감춘 모양입니다. 제가 생각하기로는 고종 황제의 기사회생을 염려해 일부러 훼손한 것 같습니다만."

"패악무도?"

김성술의 눈빛에 독기가 돌았다.

"그 비방이 가능하다면 그렇지 않겠습니까?"

"자네는 독살설 쪽이로군?"

"……."

"독살설… 그럴 수도 있겠지. 문제는 그 독살 시도가 한두 번이 아니었다는 것."

"……."

"게다가 죽은 고종의 모습… 숯덩이 같은 모습으로 검게 부풀어 오르고 입안이 여름날 땡볕에 방치한 조기 창자처럼 녹아버렸다던가?"

"리얼하게 아시는군요?"

민규가 파고들었다. 이처럼 리얼한 묘사는 직접 본 사람에게 들은 게 아니라면 나오기 힘든 표현이었다.

"그 양반의 지상 마지막 음식은 식혜였네."

"커피를 좋아하는 분에게 누가 식혜를 권했을까요?"

"······?"

"선대인께서는 아시지 않았을까요? 아니면 같이 마셨을지도."

의미심장한 질문이었다. 그런 분위기는 이미 독살 전에도 있었다. 황제는 황태자와 함께 커피를 마셨다. 한 입을 먹으니 뭔가 이상해 더 먹지 않았다. 그러나 황태자는 다 마셔 버렸다. 죽지는 않았지만 이가 모두 빠졌다. 평생을 고생하며 살았다.

"뭐가 되었든 팔자라네. 고종은 매번 독살 위기를 벗어났고 황태자는 단번에 덫에 걸려 이가 모두 빠지는 참화를 입기도 했었지."

김성술은 제대로 알고 있었다.

"그건 러시아 쪽의 시도 아닙니까? 그 역시 통역관으로서 왕의 말을 헛되이 꾸며 러시아와의 통상에서 거액을 빼돌려 착복한 자의 사주······."

"그쪽은 숙수를 매수했지."

숙수.

그 단어에서 김성술의 비웃음이 나왔다. 숙수란 그런 종자들이야. 그런 뉘앙스를 풍겼다.

"일본이 그걸 벤치마킹한 거 아닙니까?"

"누가 죽였는지는 중요하지 않네. 같이 마신 사람이 있으니 고종의 운이 거기까지였을 뿐. 운이 좋았다면 그때도 비껴갔 겠지."

"같이 마신 사람……."

"……."

"그분은 무사하셨겠군요?"

"그랬지. 그러니 독살이 아니지 않겠나?"

김성술이 야릇하게 웃었다.

"그러니 독살 아닙니까? 최측근과 마시는 자리에서 고종의 식혜에만 독을 탔다면 의심을 피할 수 있을 테니까요. 증거인 멸도 가능하고요."

"그럴지도 모르지. 하긴 그걸 아는 사람들도 다 죽었으니 그를 어쩐다?"

"선대인께서는 그 자리에 없었습니까?"

민규의 돌직구가 날아갔다. 김성술의 눈빛이 꿈틀거렸다.

"있었다는 건?"

"오해 마십시오. 고종의 문고리였다니 독살 현장에는 몰라 도 가까이에 있었을 것 같아 묻는 겁니다."

빙긋!

그는 미소로 비껴갔다. 부정도 긍정도 아니다. 취기 덕분이 었다. 취기로 인한 호기가 발동하니 민규를 희롱하며 즐기는 것이다.

"가끔은 신하만도 못한 황제가 있는 법이지."

에둘러 나온 말 또한 의미심장했다.

"고종은 죽고 내 선친은 살았네. 그게 역사라네. 자고로 산 자가 역사의 주인공이 되는 거지. 조선왕조 500년이 그랬으니 새삼스러울 것도 없네."

그렇게 선을 긋는다. 취했지만 그의 심중은 살아 있었다. 아슬아슬한 경계를 넘나들지만 민규가 원하는 말은 명시적으로 뱉지 않았다. 건너지 말아야 할 다리인지 아닌지 그의 피가 아는 것이다.

"선대인께서도 이사장님과 같은 입장이셨습니까?"

"그렇게 궁금하면 자네가 그 비방요리를 만들어 무덤에서 뼈까지 녹아버린 고종을 깨워 물어보지 그러나?"

김성술의 입가에 음산한 미소가 피고 졌다.

한번 맞혀볼 테냐?

그런 재주가 있느냐?

그런 의미였다. 고종이 죽은 지 100여 년도 지난 사건. 이제 와 진범을 가려내기는 어려웠다. 하지만 민규는 알 것 같았다. 마음속에 있던 심중. 박세가의 말과 김성술의 취중 언중유골을 더하니 직감이 왔다. 민규의 심중은 김성술의 선친에게 꽂혔다.

쾅!

한가운데였다.

동시에 슬펐다. 역사의 죄인임에도 후대까지 누리고 있는 부귀와 영화. 빗나간 아버지는 통상조약이나 협정에서 일제에 유리한 쪽으로 통역하면서 부를 쌓아 해방 후에는 입각까지 했고, 그 부를 발판 삼은 아들 또한 대를 이어 장관까지 해 먹었다. 그리고 지금까지 궁중문화 연구니 뭐니 하면서 국가의 지원에 거부들의 후원을 받아 떵떵거리고 살고 있다.

그의 궁중문화 연구는 무슨 의미인가? 선친의 패악을 감추고, 혹시 모를 증거가 나오면 인멸하기 위한 선봉에 지나지 않을 일이었다.

그 아버지에 그 아들.

잘못된 길을 가고도 영웅처럼 전리품을 누리고 있다. 아직까지도…….

젠장!

민규 피가 후끈 데워졌다.

"아쉽군요. 이사장님 선대인께서 고종 황제의 입이었다기에 궁금증이 시원히 풀리나 싶었는데……."

"어떤 궁금증 말인가?"

"독살의 진위 말입니다."

"독살?"

"예."

"만약……."

김성술의 눈빛이 음산하게 빛났다.

"내 선친 앞에서 그 말을 했더라면 자네는 이미 이 세상 사람이 아닐 것일세."

"무슨 뜻입니까?"

"그 양반은 고종 독살의 '독' 자도 듣기 싫어하셨으니까."

"……."

"공짜로 요리를 먹었으니 한 가지는 말해주지. 앞으로도 고종의 독살에 대한 의견은 입 밖에 내지 말게나. 요리사, 그거별거 아니야. 공연히 좀 나가는 인생에 종 치는 수가 있네."

날 선 경고가 나왔다.

"고견에 대한 보답으로 후식을 다시 내오겠습니다."

신경전을 마친 민규가 돌아섰다.

숙취 해소용으로 내준 건 식혜였다. 발기력에 탁월한 춘우수를 베이스로 생마즙과 야관문, 음양곽 우린 물을 살짝 더했다.

비위의 약화로 식욕이 떨어지면서 음욕도 사라졌던 김성술. 그러나 오늘은 예외였다. 비위의 기능이 올라가면서 충분한 에너지를 취했다. 그 정기와 원기가 시든 몽둥이에 길을 열고 있었다.

거기다 기름을 끼얹는 요리였다. 춘우수와 마의 결합은 비아그라를 넘고 있었다. 두 사람의 상태에 맞춰 야관문과 음양곽, 원잠아 등을 더했으니 시동이 제대로 걸릴 일이었다.

잘 보이기 위한 아부용 후식?

하핫!

그건 물론 아니었다.

변변찮은 심장에 더해진 엄청난 정력 에너지. 더구나 오랫동안 남자의 욕망을 제대로 풀었을 리 없는 나이. 그 옆에는 아직 젊고 탱탱한 비서실장. 게다가 얼큰하게 취한 두 사람…

이런 그림을 맞춰보면 민규의 의도가 보였다.

커피……

고종의 취향을 생각했다.

그의 마지막을 장식한 건 식혜였다.

그걸 받아 들고 어떤 생각을 했을까? 여러 번 독살에 시달렸으니 편치는 않았을 일. 그렇다고 먹지 않고 살 수도 없는 일.

내부에 대한 의심 때문인지 고종은 외부 요리도 많이 시켜 먹었다. 손탁호텔이 그랬고 대한문 밖에서 가져오는 냉면도 좋아했었다. 그러나 그 요리들은 문제가 없었다. 문제는 측근의 사람들. 가장 믿는 사람에게서 받아 든 음식이 고종의 목숨을 가져갔다. 더구나 숙수까지 포함된 미수 사건들을 생각하면 허망하기 그지없었다.

식혜.

그래서 민규의 선택도 식혜였다. 식혜를 좋아하는 김성술. 그 피는 아버지 김강륙에게서 왔다. 김강륙은 고종의 입이었다. 식혜를 권하고 같이 마실 만한 입지에 있었다. 그도 러시아에 매수된 숙수처럼 통상 교역금을 착복하다 걸렸는지, 아니면 일본이나 친일파들의 회유가 있었는지는 모른다.

고종은 식혜를 마셨다.

고종처럼 김성술도 식혜를 마셨다. 그의 비서실장도 마셨다.

"크허!"

식혜를 비워낸 김성술이 사타구니를 내려다보았다. 배의 포만감처럼 거시기가 빵빵해진 것이다. 더불어 비서실장의 눈빛도 야시시하게 변했다.

"궁중에 대한 자문이라면 언제든 환영하니 연락하게나."

김성술이 서둘러 자리를 파했다.

"그러죠. 아!"

"뭔가?"

"이건 그냥 기우로 드리는 말씀인데 나이 드시면 과식은 금물입니다. 꼭 음식이 아니더라도 말입니다."

마지막 인사는 우뚝 선 채로 건넸다. 왕을 대하듯 깍듯하던 민규는 거기 없었다. 다시 초빛의 위엄으로 돌아온 것이다.

부릉!

김성술의 차가 도로로 나갔다.

'고종의 운이었다고?'

멀어지는 후미등을 보며 민규가 웃었다.

민규의 정력 약선식혜. 그 정체는 이것이었다.

―미운 놈 떡 하나 더 주기.

왜냐고?

떡은 잘 체하는 음식이니까.

많이 먹을수록 체할 확률도 높아지니까.

그러나 친절하게 과식 금지 안내까지 한 민규였으니 김성술의 운이 궁금해졌다.

'오늘 밤 당신의 운이 어떤지 한번 보자고.'

고종의 비운을 따라갈 것인지

아니면 운 좋게 욕망만 누릴 것인지.

민규의 미소 속에서 오싹한 칼날 하나가 반짝거렸다.

그놈…….

달리는 차 속에서 김성술이 냉소를 뿜었다. 대상은 민규였다. 그의 기억 속에는 기사회생요리방의 식재료들이 생생했다.

'멍청한 일본 놈들…….'

욕이 저절로 나왔다. 아버지 유품에서 나온 필사본을 넘겼었다. 선친이 병중에 있을 때 몇 번이고 찾아온 까닭이었다. 그 책에는 민규가 보여준 메모 부분이 그대로 있었다. 일본인들은 책을 보자마자 그 부분부터 찢어버렸다. 그런 다음 일본으로 가져갔다. 거기 있다는 필사본과 대조한 후에 한꺼번에 소각한다고 했었다. 그런데 유출이 되었다. 민규의 메모가 그

증거였다.

그러나 걱정은 없었다. 김성술이 기억하는 기사회생요리방… 그건 정말이지 숙수들의 헛된 충성심에 불과했다.

二藥水는 뭐고 三靈草는 뭐란 말인가? 게다가 용의 재료? 정말이지 웃음밖에 나오지 않았다.

설령!

그 재료들을 구한다고 해도 조리법이 없었다. 모름지기 영약이란 제조법 또한 신묘한 것. 닭죽을 쑤듯 가마솥에 때려 넣고 고아낸다고 기사회생이 될 리 없었다.

초빛이 멀어지자 민규 생각은 사라졌다. 대신 솟아난 게 사타구니였다. 비서실장을 돌아보았다. 흰 블라우스 안으로 드러나는 가슴골이 깊었다. 자극을 위해 신선한 야동을 골라 봐도 느낌이 오지 않던 성욕. 그게 쓰나미처럼 밀려들었다. 당장에라도 비서실장의 스커트를 밀어 올리고 싶었다.

"박 기사."

운전기사에게 지시를 내렸다. 차의 목적지가 바뀌었다. 집이 아니라 재단 사무실이었다.

집무실에 들어서자 비서실장이 불을 켰다. 리모컨을 잘못 눌러 텔레비전까지 함께 켜졌다. 뉴스가 나오고 있었다. 다시 끄려 할 때 김성술이 그 손을 당겼다.

"아이, 나 씻어야 하는데……."

"나중에……."

김성술은 서둘렀다. 후끈 들어온 힘이 빠지기 전에 대사를 치루고 싶었다. 그렇기에 소파를 침대로 삼았다. 비서실장도 달아오르기는 다르지 않았다. 늙은 김성술이 단추를 풀지 못해 버벅거리자 스스로 무장을 해제해 주었다.

  그들이 폭주하는 순간 민규는 장영순과 통화를 하고 있었다.

  —어머, 셰프님. 웬일이세요?

  그녀의 목소리는 각별했다.

  "부탁이 있어서요."

  —부탁요? 뭐든 환영합니다. 말해보세요.

  "혹시 김성술 이사장 아십니까?"

  —궁중문화연구원 이사장님이요? 알다마다요.

  "후원금을 주신다고 들었습니다만."

  —맞아요. 셰프님도 그분과 교분 나누고 계세요?

  "그 반대입니다."

  —예?

  "죄송하지만 그분에게 지원하는 지원금을 철회해 주셨으면 합니다."

  —철회하라고요? 이유는요?

  "혹시 그분 선친의 역사를 아시는지요?"

  —김성술 이사장님 선친이라면… 고종의 독살설 연루 말인가요?

"예."

—그건 당시 친일파들이 지어낸 모략으로 결론이 난 것으로 아는데요?

"그 결론을 내린 것도 친일파들 아니었나요?"

—예?

"제가 한낱 셰프로서 역사를 논할 수는 없지만 고종의 독살설은 숙수들에게도 전하는 바가 큰 사건입니다. 그래서 저도 관심이 많았고요."

—셰프님…….

"물증은 없지만 심증은 충분합니다. 저를 믿으신다면 부탁드립니다."

—그쪽 관련 지원을 끊으라는 얘기로군요.

"그렇습니다."

—알겠어요. 저도 뭐 그냥 뜻있는 일 좀 하고 싶어서 지원한 거지 그 사람 인품 보고 하는 건 아니었거든요. 셰프님 뜻이 그렇다면 당장 종결하겠습니다.

"고맙습니다."

민규가 전화를 끊었다. 패악무도한 자의 호의호식은 더 두고 볼 수 없었다. 전화는 한 번 더 이어졌다. 이번에는 문화부 장관이었다. 청탁은 처음이지만 망설이지 않았다.

"궁중문화연구원에 대한 특별감사를 부탁드립니다. 이사장의 불륜에 횡령까지 너무 많은 제보가 들어와 있습니다."

─이 셰프님 말씀이라면 국장에게 검토 지시를 하도록 하겠습니다.

문화부 장관도 민규 말에 힘을 실어주었다.

오래지 않아 장영순에게서 전화가 걸려왔다.

─셰프님.

"여사님."

─궁중문화연구원 말이에요, 지원을 끊는다는 얘기를 할 필요가 없게 되었는데요?

"예?"

─방금 전화를 걸었는데… 김성술 이사장이 심장마비로 사망을 했다네요.

"예?"

─조금 전에 집무실에서… 전화도 비서실장이 받아요. 방금 병원에서 사망진단이 나왔답니다.

"……!"

사망진단.

그 말을 듣고 통화를 끝냈다.

사필귀정.

한 단어가 떠올랐다.

그는 떡을 제대로 물었다. 오래오래 무리하며 욕정을 과식했다. 결국 탈이 나고 말았다. 고종의 비운을 따라간 것이다.

'그러게 늙으면 과식은 금물이라니까……'

민규가 하늘을 향해 합장했다. 비명에 간 고종에게 후대 숙수로서 올리는 묵념이었다.

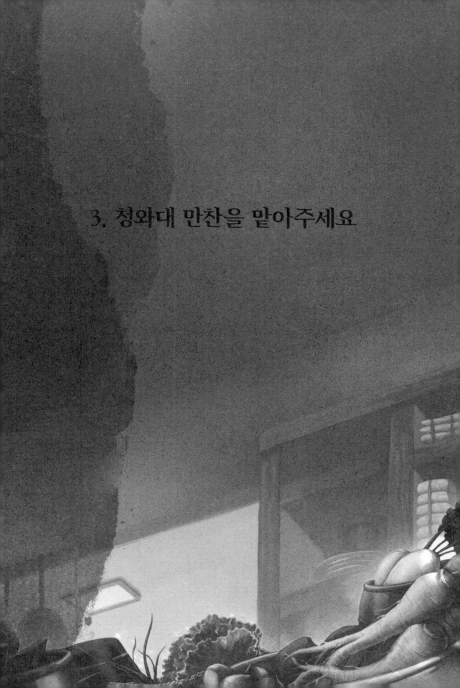

3. 청와대 만찬을 맡아주세요

이틀 후, 영부인의 예약을 받았다. 한가로운 낮 시간이었다. 영부인은 뜻밖에도 후밍위안을 대동하고 있었다. 먼저 도착해 자리를 잡고 있던 사복 경호원들이 차 문을 열어주었다.

"이 셰프님."

영부인이 반색을 했다. 민규는 질박한 숙수 복장으로 두 귀빈을 맞았다.

"바쁘시죠?"

내실에 자리를 잡은 영부인이 물었다.

"늘 그렇죠. 덕분에 즐겁게 지내고 있습니다."

"영국의 쾌거는 잘 들었어요. 레이첼은 아직도 그 감동에서

헤어나지 못하고 있더군요."

"통화하셨습니까?"

"만났어요. 여기 후밍위안과 함께."

"예……."

"여왕에게서도 치하를 들었다고 하더군요. 셰프님의 요리를 먹은 후로 여왕의 일상이 굉장히 좋아졌다고 해요."

"……."

"제가 목에 힘 좀 주었죠. 우리 셰프님이 그런 사람이라고."

"고맙습니다."

"듣자니 여왕 말고도 활약을 베풀고 오셨다고요?"

"예… 측근들 몇 분을……."

"굉장해요. 욕심 같아서는 해외순방 때마다 셰프님을 모셔 가고 싶은데 너무 인기가 좋으니 어쩔 수가 없군요."

"좋게 보아주시니 고맙습니다."

"진심이에요. 우리나라 사람이 아니면 여권이라도 뺏고 싶다니까요."

"그럼 민증이라도 맡겨 드릴까요?"

"그럴까요?"

영부인이 웃었다.

"시간을 보니 식사를 하셨을 것 같은데 뭘로 올릴까요?"

"오늘은 요리가 아니라 부탁 때문에 왔어요. 여기 후밍위안하고 공동으로요."

"네?"

민규가 고개를 들었다. 영부인과 후밍위안. 두 사람이 공동으로 부탁할 일이 무엇이란 말인가?

"후밍위안께서 말씀하실래요?"

영부인이 후밍위안을 바라보았다.

"아닙니다. 여사님께서 말씀하세요."

후밍위안은 영부인의 등을 밀었다.

"아유, 이거 내가 또 총대를 메게 되네?"

물을 마신 영부인, 숨을 고르고 본론을 꺼내놓았다.

"실은 청와대에서 말씀드려야 할 일인데… 이번에 한중이 다소 소원해진 관계를 회복하고 긴밀한 협조를 하기 위해 정상회담을 추진했어요. 여기 후밍위안과 부군께서도 많이 도와주셨고요."

"예……."

"우여곡절 끝에 중국의 주석께서 한국에 오는 것을 긍정적으로 검토한다는 답을 받았는데 세부 사항에서 요리 문제가 나오게 되었네요."

'요리?'

"지금 주석께서 나름 미식가라서 만찬에 대해 이야기를 하던 중에 이 셰프님이 화두에 올랐다고 해요."

"영광이네요."

"중국에서 주석의 요리를 주관하게 될 셰프가 쩌우정이라는 분인데 그분이 한국 최고의 셰프는 이 셰프님이라고 추천을 했다면서……."

'쩌우정?'

민규 뇌리에 한 셰프가 스쳐 갔다. 그 사람이었다. 쑨차오 회장의 저택에서 만났던 중국요리의 전설…….

"주석께서 그분을 방한에 대동할 것 같은데 기왕이면 이 셰프님과 함께 테이블을 차려서 먹거리부터 한중 최고의 향연을 열었으면 한다는 소견을 전해왔어요."

"……."

"이게 강요는 아니고 하나의 의견이기는 한데 중국 측의 이야기를 듣자니 주석께서도 굉장히 기대하는 눈치라고 해서 염치없이……."

"정말 쩌우정 셰프께서 저를 지명하신 겁니까?"

민규가 후밍위안을 바라보았다.

"그렇다고 들었어요. 두 분이 이미 교류가 있다는 말도……."

"중국에서 한 번 뵙기는 했지요. 그분의 요리도 대접받았고요."

"그때 셰프님에게 반한 모양입니다. 제가 그랬듯 말이에요."

후밍위안이 웃었다.

"어때요? 정상회담에 있어 만찬이 전부는 아니지만 이 조건

에 맞춰주면 회담 성사도 확실하고 분위기도 좋아질 것 같아
서요."

"그런 의미라면 거절할 수 없군요. 부족하지만 책임을 감당
해 보도록 하겠습니다."

"정말이죠? 수락하신 겁니다?"

영부인이 반색을 했다.

"다만, 만찬이면 건배주도 필요할 텐데 그건 다른 분에게
부탁을 해도 될는지요?"

"그거야 셰프님 마음이죠. 셰프님이 인정하는 술이라면 문
제가 없을 거예요."

"그럼 제가 한번 솜씨를 발휘해 보겠습니다.."

"아유, 이제야 마음이 놓이네."

"이제 요리를 올릴까요?"

"그렇게 해주세요. 간단한 죽에 차 한 잔이면 족해요. 셰프
님은 또 바쁘실 테니까요."

"아니, 저는 약수부터요. 피부에 좋은 그 물 있죠?"

후밍위안이 힘주어 말했다.

"알겠습니다."

오더를 받아 들고 복도로 나왔다.

"이번에는 왜 오셨대? 중국 대사 부인까지 대동한 걸 보면
또 외교사절들 만찬 초청?"

"비슷해."

"중국 대사관?"

"아니, 중국 주석 방한 청와대 만찬."

"에? 정말?"

"놀라긴. 영국 여왕 만찬도 주관한 놈이 중국 주석 방한에 쪼는 거냐?"

"그러니까 우리가 청와대를 접수한다는 거야?"

"접수가 아니라 파견이다."

민규가 종규를 쥐어박았다.

"아무튼 청와대에 가서 만찬을 차린다는 거잖아?"

"뭐 그런 거 같은데?"

"재희하고 나도 가는 거야?"

"당연하지. 할머니까지도."

"으악, 대한민국 만쉐이!"

종규가 두 팔을 치켜든 채 뒤뜰의 재희를 향해 부리나케 뛰었다.

"재희야, 재희야!"

그걸 본 민규가 씨익 웃음을 머금었다. 청와대 만찬. 민규도 그렇지만 둘에게는 큰 이슈가 될 일이었다.

다음 날 밤, 박세가가 찾아왔다. 마지막 손님을 치르던 중이었다. 그는 혼자였다.

"예약도 없이 미안하네. 시간이 좀 되려나?"

택시에서 내린 그가 민규에게 물었다.

"예약은요. 마침 요리가 다 끝나서 한가한 참이었습니다. 어디로 모실까요?"

"괜찮으면 여기도 좋네만."

그가 야외 테이블을 가리켰다. 노란빛의 조명을 받으며 함께 앉았다. 일단 정화수부터 한 잔 소환해 주었다.

"시원하군."

물을 마신 박세가 엷은 미소를 지었다.

"식사는요?"

"어제 김성술 조문을 갔다가 문득 선친 생각이 나서 묘지에 다녀오는 길이네. 오는 길에 약선요리집에 들러 선친이 좋아하던 골동반 한 그릇 비벼 먹고 왔다네."

"네……."

민규가 조용히 답했다. 그러고 보니 어제가 김성술의 발인 일이었다.

"듣자니 자네 요리가 마지막이었다고 하던데?"

"……."

"그래서 왔다네."

박세가 고개를 들었다. 노쇠한 그의 눈에 조명이 비쳤다. 눈빛은 비어 있었다. 회한일까? 김성술의 부친과 박세가의 부친은 대한제국의 궁궐에 함께 있었다. 한 사람은 숙수요 또한 사람은 통역관. 기우는 제국이었지만 둘은 기울지 않았다.

박세가의 부친도, 김성술의 부친도 한밑천 단단히 잡았다. 어쩌면 둘은 같은 선상에 있었을지도 모른다. 그런 차에 김성술이 유명을 달리했다.

얼마 전에는 민규의 질문이 있었다. 기사회생요리방. 그 책은 박세가도 알고 김성술도 알았다. 그 김성술이 민규의 초빛에 다녀간 직후에 죽었다.

고종의 독살.

심증은 박세가가 보태주었었다. 그렇기에 박세가는 뭔가 짚이는 게 있는 눈치였다.

"사인은 심근경색이지만 여자 후리기 좋아하는 작자였으니 복상사였겠지. 구급차가 갔을 때 알몸이었다는 말이 있더군."

"……"

"재단 집무실이 목욕탕도 아니고 왜 알몸이었겠나?"

"……"

"그런데 그자는 사실 음탕하기만 하지 남자로서의 능력은 사라진 지 오래였거든. 그건 내가 안다네. 오래전, 나한테 정력요리를 부탁하러 온 적도 있었으니까."

"……"

"무슨 말을 나누었나?"

"선생님."

"그자 죽음의 진실 따위를 알고 싶은 게 아니라 그가 부친의 진실을 밝히고 갔는지 어쨌는지……."

"……."

"실은 나도 궁금하던 차였거든."

"김성술 이사장님은……."

민규의 입이 겨우 떨어졌다.

"진실과 거짓 사이의 줄타기를 하더군요. 심증은 더 확실해졌지만 선생님이 아는 것 이상은 밝히지 않았습니다."

"저런!"

박세가의 눈가에 아쉬움이 스쳐 갔다.

"하긴 진실을 말하게 하는 약선요리가 존재한다는 건 들어본 적 없으니……."

목이 타는지 또 물을 마시는 박세가.

"하지만 양심의 가책은 느꼈던 것으로 생각합니다."

"양심의 가책?"

"그렇기에 그게 부담이 되어서 심장이 멈춘 것 아닐까요? 다 끝난 줄 알았는데 다시 이어진 선친의 일… 가슴에 묻어두긴 너무 큰 것일 테니."

"자네……."

"제가 드릴 말씀은 그것뿐입니다."

"심증으로 심근을 막았군."

"……."

"어쩌면 고종의 한이 함께 작용을 했는지도……."

"그 말씀은?"

"김강률도 그렇게 죽었거든. 결코 아름답지 못한 최후……."

"……."

"하긴 살았어도 죽었을 거라는 말이 파다하더군."

"그건 또 무슨 말씀인지요?"

"조문하면서 들은 말인데 궁중문화연구원이 공중분해 될 것 같더군. 문화체육부에서 특별감사를 나왔고 큰손 후원을 하던 장영순 여사는 후원을 중단… 그동안 여비서들 희롱에 전횡까지 엄청날 테니 살았어도 감옥에서 평생을 썩었을 거야."

"……."

"복상사 말일세, 그걸 불러온 건 역시 자네의 약선요리였을 테지?"

"……."

"잘했네."

"……."

"속 모르는 인간들이 말하길 자네가 거액을 탐해 그런 쓰레기에게 정력요리를 해줬나 보다고 하기에 내가 혼찌검을 내주었네. 그들은 자네의 약선이 내다본 두 수 앞을 모르고 있으니……."

"……!"

민규 눈빛이 슬쩍 흔들렸다.

두 수 앞.

박세가는 과연 대가였다. 그는 민규의 의도를 정확하게 간파하고 있었다.

"그 덕에 그 교활한 인간의 전횡과 폭주가 끝난 것도 모르고……."

"……."

"가겠네."

물을 비운 박세가가 일어섰다.

"약선죽이라도 한 그릇 하고 가시지 않고요."

"됐네. 인간은 죽기 전에 개과천선을 한다기에 자네에게라도 진실을 털어놓았나 싶어서 왔다네. 자네 요리에 반해 입이 열릴 수도 있었을 테니……."

"선생님……."

"큰일 하셨네. 다른 사람은 몰라도 나는 아네."

박세가가 민규의 양어깨를 잡았다. 바라보는 눈빛이 애잔했다.

박세가는 그렇게 멀어졌다. 꼿꼿하게 도로로 나가 택시를 잡아탔다.

나는 아네.

그의 목소리는 아직 야외 조명 속에 남아 있었다.

그 여운을 지운 게 전화벨 소리였다. 번호가 길었다. 자세히 보니 국제전화. 발신국은 중국이었다.

―이 셰프님?

목소리의 주인공은 쩌우정이었다.

"아, 안녕하셨어요?"

민규도 중국어로 인사를 했다.

―혹시 한국 정부 쪽에서 연락받은 거 없습니까?

"어제 들었습니다만……."

―하핫, 이거 미안합니다. 제가 요청을 한 건데 실례가 되지는 않았는지…….

"별말씀을, 영광으로 생각합니다."

―아까 우리 주석궁에서 전화를 받았습니다. 이 셰프께서 만찬요리에 나올 수 있다는 답을 주셨다고…….

"쩌우정 셰프께서 오시는 데다 추천까지 하셨다는데 어떻게 사양할 수 있겠습니까?"

―사실 쑨빙빙 회장님 일 이후로 생각 많이 했습니다. 그런데 이번에 주석궁에서 방한 예정을 잡아 동행하게 되었기에 의견을 넣어보았지요. 우리 이 셰프께서 요즘 세계적으로 유명하셔서 조바심을 내고 있었는데 가능하다는 답을 듣고 기쁜 마음에 전화를 걸었습니다.

"세계적이라니 당치도 않습니다."

―아니긴요. 영국 여왕의 만찬 영상은 저도 동영상으로 보았습니다. 세기에 남을 만한 역작이더군요.

"과찬이십니다."

─아직 일정은 잡히지 않은 것 같지만 보아하니 일정 조율에 오랜 시간이 걸릴 것 같지는 않고… 방한이 결정되면 제가 먼저 셰프님 요릿집을 한번 찾아갈까 싶어서요.

　"저야 무조건 환영입니다."

　─그런데… 이번 방한에는 셰프님이 아는 분도 포함될 듯싶습니다.

　"혹시 쑨빙빙 회장님 일가?"

　─맞습니다. 어느 분이 갈지는 정해지지 않은 듯하지만 쑨평하이의 오너가 방한 사절단에 포함된 건 사실인 것 같습니다.

　"그렇군요?"

　─쑨빙빙 회장님께 셰프의 안부를 전하겠습니다. 그런데 저와 같이 갈 사람은 그분들 말고도 또 있습니다.

　"다른 사람이라면?"

　─아시는지 모르겠지만 우리 중국에는 만한전석 요리 대회라는 전통요리 축제가 있습니다. 이번에 제가 데리고 있던 쌍둥이 청년 셰프가 우승을 했어요. 이 친구들 재능이 나보다 나아 조수로 데려갈까 고민하던 참이었는데 한국의 대사관에 나가 있는 후밍위안의 말을 듣자니 셰프께도 굉장한 제자들이 둘이나 있다고 하더군요. 그 또한 우연은 아닌 것 같아 셰프님께 인사도 시키고 약선요리에 대해서도 좀 알게 하고 싶은데…….

"애제자입니까?"

─뭐 그렇다면 그런 셈이지요. 댜오위타오에서도 뛰어난 재질을 보인 친구들이라 셰프님을 보면 요리에 눈을 뜨는 데 큰 도움이 되리라 생각합니다.

"저는 겁부터 나는데요? 제게 배울 게 뭐가 있을지……."

─별말씀을…….

"그럼 언제든 월요일에 오시죠. 저희 가게가 월요일에 문을 닫거든요. 귀한 분들이 오시는데 손님들 때문에 소홀히 모실 수 없으니까요."

─셰프님 처분에 따를 뿐입니다.

"그럼 한국에서 뵙겠습니다."

통화를 끝냈다.

쑨빙빙.

오랫동안 보지 못했다. 그가 오는 걸까? 하긴 그의 아들 쑨차오를 본 지도 오래되었다. 이제는 약선죽 사업과도 관계가 있지만 인품이 좋은 사람들이니 기대가 되었다.

나아가 쩌우정 셰프.

중국이 자랑하는 셰프의 한 사람. 이름만으로도 심장을 뜨겁게 만드는 사람. 그가 초빛에 온다니… 김성술의 일로 잠시 어지럽던 요리 마인드에 불이 번쩍 들어왔다. 그 넓은 중국에서 요리의 일가를 이룬 사람이 아닌가?

그러나, 민규는 몰랐다.

쩌우정이 데려오는 젊은 쌍둥이 셰프.

그들이 단순히 견학을 위해 오는 것만은 아니라는 사실.

그리고… 쩌우정으로 인해 일어날 엄청난 격랑의 파고를…….

4. 가면 속에 숨긴 노욕老慾

　장식용 단풍잎과 나뭇조각들이 입고된 날, 남쪽에서 야생
초가 도착했다. 이모에게서는 싱싱한 해초와 생선들이 날아왔
다. 좋은 식재료는 언제나 민규를 즐겁게 했다.

　숙수. 평범한 재료를 맛나게 만들 줄 알아야 한다. 좋은 재
료는 더 맛나게 만들 줄 알아야 한다. 그러나 그 어떤 숙수든,
맛이 간 재료까지 살려낼 재간은 없었다. 그렇기에 좋은 식재
료는 숙수의 보물이었다.

　"형."

　종규가 가져온 건 복령이었다. 황창동이 보내준 것인데 기
가 막혔다. 그 자체가 약리 성분으로 가득 찬 신물이었다.

'주용길 의원님의 복이군.'

민규가 웃었다. 복령에서 풍기는 소나무의 향은 SSS급을 매겨도 아깝지 않았다. 복령에 흐뭇해할 때 반가운 전갈이 왔다. 차미람의 오픈 소식이었다. 오후 3시, 출출한 시간을 노려 오픈하고 가게 앞에서 퍼포먼스도 열 계획이란다.

"으아, 드디어 오픈하는구나. 좋겠다."

종규도 반색을 했다.

"가서 잠깐 홍보 좀 도와줄까?"

민규가 제의하자 차미람이 자지러졌다. 열심히 하는 후배들, 작은 힘이나마 보태줄 생각이었다.

소낙비가 내리다 멈춘 이른 오후, 마당으로 주용길의 차가 들어왔다. 점심시간의 끝자락. 다행히 붐비던 손님들이 줄어든 시간이었다.

"어서 오십시오."

민규가 주용길을 맞았다. 단출하게 수행 기사와 손님을 합쳐 셋이었다. 손님이 차에서 내렸다. 체질창부터 읽었다.

체질 유형—森형.
담간장—양호.
심소장—우수.
비위장—양호.
폐대장—병약.

신방광—허약.

포삼초—양호.

미각 등급—B.

섭취 취향—평식.

소화 능력—D.

혼탁은…….

없었다. 없어서 없는 게 아니라 치명적인 폭격을 맞아 뭉개져 버렸으니 바로 왼쪽 폐였다. 손님의 왼쪽 폐는 황무지처럼 횡했다. 절개를 한 측면도 있지만 폐기가 없는 것이다. 얼굴은 볼 것도 없이 푸석했다. 바람이 불면 얼굴에서 먼지가 일 것 같았다. 폐가 나쁘니 신장에도 영향이 갔다. 폐와 신장이 나쁜 사람치고 혈색 좋을 사람은 없었다.

그런데…….

얼핏 보면 혈색은 좋은 것도 같았다. 그건 심장 때문이었다. 그의 오장육부 중에서 가장 기세등등했으니 주객전도였다. 금형은 본시 폐가 바탕이 되는 것. 섭생을 달리함으로써 상극이 되는 심장의 파워를 키워주었으니 화극금(火克金)이 되었다.

"앉으시지요."

내실로 안내를 했다. 손님에게서 비린내가 났다. 코를 쿵쿵거린다. 코에 통증이 있는 것이다.

"어떻습니까? 제가 종종 입맛 찾으러 오는 약선요리집이 여기입니다."

주용길이 설명을 했다.

"좋네요."

손님은 담담하게 반응한다. 전문인답게 차분한 눈빛이었다.

"여기가 궁중요리에 약선요리를 하다 보니 누구든 왕 대접을 받지만 진짜 왕은 여기 이 셰프님이시지요. 저 손이 약손이니 자애로운 왕의 손처럼 손님들의 불편함을 다스려 줍니다. 그러니 메뉴에서 골라도 되지만 이 셰프의 처방에 맡겨도 나쁘지 않습니다."

"그러시다면 의원님 뜻대로 하겠습니다. 여긴 처음이라 어떤 요리가 좋은지 알지 못하니……."

손님이 웃었다. 그는 미국 생활을 오래한 사람이었다. 폐절제술도 미국에서 받았다. 그렇기에 약선요리나 궁중요리에 대한 정보는 많지 않았다.

"그럼 이 셰프님께 맡기겠습니다."

주용길의 오더가 나왔다.

민규는 복도로 나왔다. 요리를 하기 전에 손님과 주용길을 생각했다.

'사람 됨됨이를 알 수 있는 요리.'

주용길의 진짜 오더.

그런 요리가 있었다. 조선왕조였다. 새 왕이 즉위하자 첫 수라상이 올라갔다. 수라를 본 왕의 얼굴이 형편없이 굳어버렸다. 수라상은 초라하기 짝이 없었으니 한마디로 왕의 수라가 아니었다. 수라를 바친 신하들은 엎드려 왕을 바라보았다.

먹을 것인가?

상을 엎을 것인가?

왕은 수라를 받았다. 변변찮은 찬품에도 불구하고 기꺼이 수라를 먹었다. 양조차 빈약했지만 조금씩 남기는 미덕도 발휘했다.

"누구의 솜씨더냐?"

수라를 끝낸 왕이 물었다. 신하들은 감히 대답하지 못했다.

"오늘은 이 찬품이 내 입맛에 딱이었다. 그에게 상을 내리도록 하라."

왕의 한마디에 엎드린 신하들이 감탄을 했다. 수라는 왕의 그릇을 위한 시험이었다. 얼마나 큰 그릇의 왕이 되려는지 수라로 시험한 신하들. 그제야 왕에게 이실직고를 하며 왕의 인품을 기렸다.

요리가 그렇다.

대접받는 사람은 대개 요리의 화려함으로 자신의 위치를 재확인한다. 중요한 초대에 갔더니 밥 한 그릇에 김치 하나 달랑 내놓으면 어떨까? 두말할 것이 없이 파국이다. 더구나 여기는 궁중요리 전문. 상대방의 기대치가 올라가 있을 것은 당연한 일이었다.

그러나 초빛에도 소박한 단품은 많았다. 그것 하나만 내놓는다면 뻘쭘할 사람도 많았다.

　그 단품.

　민규의 선택이었다.

　잠시 후에 테이블에 세팅된 건 물 한 그릇과 죽 한 그릇, 산나물 장아찌 몇 점뿐이었다. 흔한 정과 하나 곁들이지 않았다. 게다가… 현미로 쑤어낸 죽의 양은 무식할 정도로 많았다.

　"드십시다."

　주용길이 죽을 권했다. 손님도 숟가락을 집었다. 죽이 입으로 들어갔다.

　"……!"

　손님의 미간이 격하게 구겨졌다. 죽은 시고 맵고 비린 데다 화한 맛까지 났다. 약선죽이기에 망정이지 보통 죽이라면 수저를 놓을 뻔한 맛이었다.

　"어떻습니까?"

　"맛이 좀 빡세군요."

　"그래요? 아마 차 박사의 체질에 맞췄나 봅니다. 그래도 먹고 나면 개운할 겁니다."

　"하지만 양이 좀……."

　"양 또한 셰프의 계산입니다. 제 경험입니다."

　주용길은 태연히 죽을 먹었다. 그가 먹는 건 약선전복죽이었다. 남해에서 올라온 자연산 전복 살점이 눈에 보일 정도로 크게 들어갔다. 위에 뿌린 고명도 호두와 잣을 올려 눈에 띄었다. 그에 비해 차 박사의 죽에는 말린 생강채 몇 개와 박하 잎 두 장. 허술하기 짝이 없는 구성이었다.

"어, 좋다."

먼저 그릇을 비운 주용길이 물을 마시며 개운함을 표현했다. 그때까지도 차 박사의 죽은 반 이상 남아 있었다. 하지만 그의 표정은 처음과 같았다. 큰 불쾌감 없이 죽을 비워갔다. 중간에는 장아찌를 조금 더 주문했다.

"후우!"

마침내 죽을 비워낸 차 박사가 배를 두드렸다.

"겨우 먹었네요. 제게는 좀 많은 양이라서 말이죠."

차 박사가 주용길을 돌아보았다. 마지못해 먹은 표정은 아니었다.

"입에 맞지 않으시면 남기시지……."

"귀한 시간 내서서 귀한 자리에 초대해 주셨는데 그럴 수 있나요? 음식 양이 많은 것도 셰프의 계산이라니 기왕 믿으려면 화끈하게 믿어봐야죠."

차 박사의 표정은 소탈해 보였다. 주용길에게 잘 보이려는 가식이 아니었다. 하긴, 그가 필요한 건 주용길 쪽이었다.

마무리는 차였다. 이번에는 반대의 비주얼이 나왔다. 차 박사의 차는 미음 형식의 복령차. 주용길은 국화차였다. 복령차에는 죽력에 더불어 도라지청을 더했다.

"제 차만 너무 좋은 거 같습니다.

차 박사가 민규를 바라보았다.

"지금까지 드신 건 그냥 음식이었습니다. 그 차야말로 바닥 난 박사님의 폐기와 비통에 도움이 되는 것이니 천천히 즐기시기 바랍니다. 박사님의 입맛에도 비로소 맞을 겁니다."

민규가 고개를 숙였다.

"……!"

첫 모금을 넘긴 차 박사 눈이 흠칫 흔들렸다. 첫맛부터 혀에 착 감겨든 것이다. 목을 타고 넘어간 차의 목적지는 폐였다. 폐 안에 봄 아지랑이를 피워놓았다. 그 아지랑이가 기관지를 타고 코로 올라왔다. 은근한 통증으로 사람을 귀찮게 하던 비통(鼻痛). 그게 느껴지지 않았다.

응?

우연인가 싶어 코를 실룩거려 보였다. 괜찮았다. 공기를 들이켜고 내뿜어도 통증은 딸려 나오지 않았다.

"이거?"

차 박사가 민규를 바라보았다.

"박사님은 폐가 좋지 않지요? 폐에 폐기가 부족하다 보니 가래가 쌓였습니다. 그로 인해 코가 막히면서 은근한 비통이 고질이 되었습니다. 그걸 삭이려다 보니 죽의 양이 좀 많았습니다."

"죽으로 비통을 다스렸다는 겁니까?"

"다스린 것은 방금 마신 복령차입니다. 죽은 단지 폐를 보하는 현미로써 기초를 쌓은 것뿐이지요."

"……?"

"죽의 양이 많은 건 가래가 고질이기 때문이었습니다. 다 드시지 못하면 비통은 잡을 수 없었을 텐데 다 드셔주셔서 고맙습니다."

"허어, 이것 참… 죽과 차 한 잔으로 내 지병을 달랬다는 겁니까?"

"박사님은 금형 체질입니다. 그렇기에 체질을 살리는 현미로 기본을 세우고 폐암에 탁월한 복령의 성분을 강화시킨 차로써 균형을 잡은 것뿐입니다. 비통에는 도라지가 좋으니 그걸 조금 첨가했고요."

"허어."

"아마 매운맛을 멀리하고 쌉쌀한 맛을 즐겨 드셨겠지요?"

"그렇습니다. 미국 음식이라는 게 매운맛은 드무니까요."

"앞으로는 맵고 비린 것들, 화한 맛이 나는 걸 많이 드시고 쓴맛을 멀리하시기 바랍니다. 이미 체질 균형이 무너졌지만 이제라도 섭생을 바로 하면 건강 악화를 막을 수 있을 겁니다."

"그 말은 동의하기 힘들군요. 내가 쓴맛을 싫어하지는 않지만 많이 쓴 건 멀리하고 있거든요."

"그럴 수 있습니다. 사실 쓴맛은 한 가지가 아니거든요."

"하나가 아니라고요?"

"쓴맛은 보통 다섯 가지 유형으로 나눕니다. 시클로헥시미드, 퀴닌, 페닐치오카바이드 등등이 그것인데 그 유형이 조금씩 다릅니다. 그걸 미각으로 일일이 구분하기는 어려우니 좀 쓰다고 생각되면 안 드시는 게 좋습니다."

"저기, 잠깐만요."

대화를 막은 차 박사가 심호흡을 했다. 내쉬고 들이쉬고… 때로는 호흡도 멈췄다. 그러더니 흡족하게 웃었다.

"쓴맛이야 그렇다고 쳐도… 이것 참 믿기질 않는군요. 코도 그렇지만 호흡이 너무 편해졌어요. 갑자기 폐활량이 늘어나기라도 한 듯이… 폐를 절제하면서 생각한 게 '담배를 피우지 않았더라면'이었는데 꼭 흡연 이전으로 돌아간 것 같습니다."

"흡연을 그렇게 좋아하셨다니 박사님은 정조대왕 스타일이시군요."

민규가 흡연에 왕조를 연결시켰다.

"조선의 정조 말입니까?"

"그분이 담배에 푹 빠져 사셨죠. 술도 그렇지만 담배는 아예 예찬자였습니다. 오죽하면 온 백성에게 권하기까지 했겠습니까? 흡연자들에게는 그때가 황금기였을 것 같습니다."

"정조대왕이요? 정약용에게 필통주를 권했다길래 술만 잘 드시는 군주인 줄 알았더니……."

"그때는 담배의 해악이 잘 밝혀지지 않았을 때 아닙니까? 한의학적인 개념으로 장점만 보자면 진정 작용에 집중력 강화, 스트레스 해소에 두루 좋았으니까요. 게다가 담배 연기가 위로 들어가면 기도가 단숨에 열려 온몸이 상쾌해지는 기분을 느끼기도 하고요."

"그보다 술을 좋아해서 그러셨던 거 아닐까요? 저도 그렇지만 담배 피우는 사람들이 금연을 하고도 술만 마시면 담배가 땡기지 않습니까?"

"그건 담배가 가지고 있는 양기 때문입니다."

"양기?"

"흔히 담배밭에 가면 땀이 잘 난다고 하지 않습니까? 담배가 양의 성질을 가졌기 때문이죠. 그렇기에 날씨 쌀쌀할 때 담배 맛이 더 좋은 것이고 술을 마셔 몸에 열독이 오르면 양기를 더 올리고 싶은 충동에 담배가 땡기는 것으로 보시면 됩니다. 술을 마시면서 담배를 피우면 양의 기운에 양기가 더 올라가기 때문이죠."

"아, 맞아요. 딱이네요."

"그러나 과음을 하면서 담배를 피우면 숙취가 더 오래갑니다. 과유불급이라고 양기도 너무 심하게 오르면 탈이 나거든요."

"아무튼 정조께 손해배상이라도 청구해야겠군요. 결국 내 조상의 한 사람도 그때부터 흡연에 빠졌을 테니."

"그래도 이쯤에서 금연을 하신 게 다행입니다."

"아니면요? 폐를 잘라내는 데야 도리가 있습니까?"

"어쨌거나 편안해하시니 다행입니다."

그쯤에서 민규가 물러났다. 주용길 때문이었다. 그는 바쁜 사람. 차 박사와 한가로이 죽을 먹으러 온 건 아니었다. 그를 위해 슬쩍 분위기를 잡아주었으니 자리를 비키는 것이다.

복도로 나오자 내실의 밀담이 시작되었다. 웃음소리도 그치지 않았다. 분위기는 사뭇 좋았다.

잠시 후에 주용길이 주방 쪽으로 다가왔다.

"이 셰프."

그의 입가에 미소가 가득했다. 듣지 않아도 결과를 알 것 같았다.

"대박이었소."

"좋은 결과를 얻으셨습니까?"

"셰프께서 정조의 일화를 말해주니 박사께서 이 사람의 채제공이 되어주겠다고 약속했습니다. 덕분에 이 나라에 요긴한 인물 한 사람을 얻은 것 같습니다."

채제공.

조선 최고의 명재상을 둘 꼽으라면 전기에는 황희요 후기에는 정조대의 채제공이다. 정조와 조선을 위해 역사의 한 페이지를 장식했으니 뜻하는 바가 큰 말이었다.

"의원님의 복입니다."

"아니오. 이런 식의 인물 테스트는 상상도 못 했다오. 기껏 해야 술이나 진탕 먹이고 속을 볼까 생각하고 있었는데 완전 획기적이었소."

"도움이 되어 기쁩니다."

"저 친구에게 내 경제 공약의 토대를 맡길 생각이라오. 저 친구도 고질병이 나으니 마음이 열려 쾌히 수락을 했다오. 덕분에 또 하나의 숙제를 풀었소."

"예……."

"다음에는 내 새로운 참모들을 다 데려오겠소. 그때도 이런 미션 한번 부탁합니다. 사람의 인품을 알아내는 데 유용한 방법인 것 같습니다."

"그렇게 하시죠."

"그리고… 이번 중국 주석의 방한에 만찬 셰프로 초빙되었 다는 말이 있던데?"

"어쩌다 보니 중책을 맡았습니다."

"어쩌다라니? 이 셰프만 한 사람이 어디 있겠소? 궁중요리 든 약선요리든 멋진 만찬이 될 것이오. 한국요리의 참맛을 보 여주시기 바랍니다."

"예."

민규가 인사를 받았다.

"셰프님, 정말 고맙습니다. 고맙습니다."

돌아가는 길, 차 박사가 거듭 인사를 해왔다. 일거양득. 민규 뇌리에 들어온 단어였다. 주용길도 돕고 차 박사도 도왔다. 이거야말로 약선요리의 보람이었다.

"우와!"

나중에 이야기를 들은 종규와 재희 입이 벌어졌다.

선조의 에피소드와 정조의 일화.

그걸 접목했다고 하니 더 놀라운 것이다.

"그런데 형."

종규가 질문 하나를 날렸다.

"결과가 좋으니 다행이긴 한데, 그때 선조가 기분 상했다고 수라간 숙수와 상궁, 나인들 목을 날렸으면 어떻게 되는 거야?"

"종규야."

종규 어깨를 감싼 민규가 나지막이 속삭였다.

"그랬으면 나도 처음부터 '특선 약선복령죽'을 바쳤겠지. 괜한 실험한다고 목을 내놓을 수는 없잖냐?"

선조의 숙수……

그러고 보니 궁금했다. 물론 그 이야기는 누군가 지어낸 이야기일 수도 있었다. 그러나 사실이라면, 보통 숙수나 상궁이 아니면 감행하지 못할 대사건… 일반적인 상식이라면 만한전석에 버금가는 진수성찬을 차려 아부로 시작했을 일이기 때문이었다.

그래서 요리가 심오했다. 푸짐한 만한전석풍의 산해진미가 아니더라도 마음을 살 수가 있는 것이다.

그런데…….

당신이라면?

진귀한 산해진미로 상다리 부러지게 차려낸 요리에 꽂힐 것인가?

아니면 소박한 요리에 꽂힐 것인가?

그 화두 앞에 민규가 서게 되었다.

쩌우정과 그의 쌍둥이 제자 셰프가 그 화두를 가져온 것이다.

"안녕하시오?"

중국 주석의 방한을 이틀 앞둔 월요일, 초빛 마당에 내린 쩌우정의 인사가 시작이었다.

"안녕하세요?"

"안녕하세요?"

중국 인사는 몇 번을 더 이어졌다. 쩌우정의 제자들에 이어 내린 두 사람 때문이었다. 둘을 본 민규의 얼굴이 확 밝아졌다.

"쑨차오 회장님!"

"이 셰프!"

쑨차오가 다가와 손을 내밀었다.

"오랜만에 보니 더 좋아진 것 같군요. 이쪽은 내 사촌 쑨수수라오."

쏸차오가 사촌 동생을 소개했다. 중년에서 노년으로 넘어 가는 나이였지만 활기차 보였다.

"쩌우정 선생님과 함께 오시는 줄 몰랐습니다."

민규가 소감을 밝혔다.

"나도 몰랐소. 여기 쩌우정 셰프께서 문득 이야기하기를 이 셰프의 초빛에 갈 건데 함께 가지 않겠냐고 하지 않겠습니까? 한국 내 비즈니스가 있지만 이 유혹은 벗어나기 힘들더군요."

"저는 회장님께 부담을 드리지 않으려고 말했던 건데……."

옆에 있던 쩌우정이 머쓱하게 웃었다.

"쏸빙빙 회장님은요?"

민규가 물었다.

"아주 좋아요. 아마 오늘도 황하에서 잉어 낚시를 하고 계실 겁니다. 한국에 오고 싶은 마음도 가지고 있으시지만 원거리는 부담스러워하셔서……."

"건강하시니 다행이군요."

"다 이 셰프님 덕분 아닙니까? 요즘은 죽도 셰프의 레시피로 만든 육성의 제품만 드시고 계십니다."

"그러시군요."

"그나저나 오늘 저는 들러리입니다. 주빈은 쩌우정 셰프시니 두 분이 말씀 나누시지요. 저와 동생은 혹시라도 두 분의 요리가 나오면 운 좋은 식객이나 될까 싶어서 따라온 겁니다."

"별말씀을… 일단 앉으시지요."

민규가 야외 테이블의 의자를 권했다.

"이제 대인들 인사가 끝났으니 본격 인사를 올리거라. 이분이 바로 쑨빙빙 회장님의 화급한 건강을 돌려놓으신 한국 약선요리의 대가 이민규 셰프님이시다. 맛에 깐깐하기로 유명한 후밍위안께서도 극찬하시는 분이기도 하고."

쩌우정이 쌍둥이를 바라보았다.

"뵙게 되어 영광입니다."

쌍둥이가 두 손을 모아 인사를 해왔다.

"저야말로 영광입니다."

민규도 함께 인사를 했다. 나이로 치면 기껏 서너 살 차이밖에 되지 않는 까닭이었다.

"뵌 소감이 어떠냐?"

쩌우정이 물었다.

"거칠고 깊은 산에서 달디단 천상의 샘을 만난 기분입니다. 평안하고 넓은 기상이 느껴집니다."

쌍둥이가 입을 모았다.

"좋게 보아주시니 고맙습니다."

"이제 겨우 요리에 눈을 뜬 친구들입니다. 이 셰프의 경지에 이르려면 하늘과 땅 차이겠지만 소질은 있으니 쓴 조언을 많이 들려주시기 바랍니다."

쩌우정의 말에는 쌍둥이에 대한 애정이 실려 있었다.

"귀한 분들이 오셨으니 오늘 실력 한번 발휘해 보겠습니다. 테이블에 없는 메뉴라도 상관없으니 뭐든 말씀만 하십시오."

민규도 마음을 열었다.

"그보다는 실은… 저 쌍둥이를 좀 지도해 주셨으면 하는 마음에 데려왔습니다만."

쩌우정이 겸손한 제동을 걸고 나왔다.

"예?"

"중국의 만한전석은 셰프의 약선요리나 궁중요리처럼 전통을 중시하는 요리입니다. 그러나 이 사람의 능력은 이미 이 셰프에 미치지 못함을 압니다. 큰길을 알면서 제자를 인도하지 않는다면 스승의 자격이 없는 것이지요. 제 밑에서 백날을 보내는 것보다 이 셰프에게 받는 한 번의 평가가 클 것 같아 결례를 범하고 있습니다."

"……."

"주제넘지만 셰프님의 주방을 쌍둥이에게 맡겨주셨으면 합니다. 이 셰프님은 그저 요리 평만 해주시면……."

쩌우정, 너무 겸손하게 나오니 당황하는 민규였다.

"선생님……."

"안 될까요?"

"하지만 먼 데서 오신 손님을 대접하지는 못할망정… 그건 도리가 아니라고 봅니다."

"그러시면 셰프의 두 제자는 어떻습니까?"

"예?"

"전화로 말씀드렸다시피 셰프에게도 탁월한 두 제자가 있다고 들었습니다."

두 제자.

종규와 재희를 가리키는 말이었다. 후밍위안의 언질이라고 했다. 초빛을 오가면서 안면을 익혔을 후밍위안. 청년 궁중요리 대회에서 특별상까지 주었으니 눈여겨보고 있었던 모양이다.

"선생님……."

"내가 제자들 지도를 부탁하는 처지에 어찌 이 셰프님의 수고만 요구하겠습니까? 능력으로 치면 턱도 없지만 이 사람도 최선을 다해 셰프님 두 제자의 요리를 감상해 드리면 어떨까요?"

"……."

"두 분은 어떠십니까? 이 셰프님의 요리는 국빈 만찬에서 드실 수 있을 테니?"

쩌우정이 쑨차오 일행을 바라보았다.

"우린 들러리입니다. 뭐든 식객이 될 수만 있다면 대환영입니다."

쑨차오는 이래도 좋고 저래도 좋은 표정이었다.

"안 될까요?"

쩌우정의 시선이 민규에게 세팅되었다. 애잔하다. 찜찜하기는 하지만 쌍둥이를 앞세워 대리전을 벌이자는 계산은 아닌 것 같았다.

종규를 돌아보았다. 재희는 오늘 출근하지 않았다. 어디 가서 놀고 있을 리는 없다. 집에서 요리 연구에 미쳐 있을 재희였다.

눈앞의 사람은 중국요리의 대가 쩌우정. 상대가 될 사람들은 중국 만한전석 요리 대회 우승자. 어쩌면 재희와 종규에게도 기막힌 공부가 될 기회였다.

"정 그러시다면……."

민규가 수락 의사를 밝혔다.

"고맙습니다. 그런데 우리 쌍둥이가 오늘 선보일 요리도 만한전석입니다. 괜찮겠습니까?"

"정통 만한전석입니까?"

"그렇습니다."

"……!"

쩌우정의 대답에는 한 치의 망설임도 없었다. 민규가 놀랄 수밖에 없었다.

만한전석.

흔히들 산해진미의 요람을 두고 만한전석이라고도 한다. 한두 가지 요리로 구성되는 게 아니었다. 호흡이 잘 맞는 쌍둥이라고 해도 보통 10일 이상은 투자를 해야 한다. 그렇기에 간소화시킨 만한전석을 낼 것으로 생각했다. 그런데 정통이라니……

"죄송하지만 저와 함께 일하는 친구들은 만한전석을 제대로 익히지 못했습니다."

"당연히 그렇겠지요. 우리 쌍둥이도 한국의 궁중요리나 약선요리는 익히지 못했습니다. 그러니 서로 잘하는 것을 하면 보는 사람도, 먹는 사람들도 즐거울 수 있겠지요."

"하지만 제 가게에는 만한전석에 쓸 재료의 상당수가 없을 수도……."

"그건 염려치 마십시오. 청와대 만찬 식재료를 준비하면서 만한전석 재료도 넉넉히 공수해 왔습니다."

"……."

"다만 허락도 없이 가져오면 셰프에게 실례일 것 같아 호텔에 두고 왔으니 다녀와도 되겠습니까? 셰프의 제자들도 준비할 시간이 필요할 테고……."

"그렇게 하시죠."

"그럼 점심시간 후에 뵙겠습니다. 아, 만한전석의 요리 분량이 많으니 쑨차오 회장님도, 이 셰프님도 감상하실 몇 분을 더 모셔도 되겠습니다."

쩌우정은 부연을 남기고 물러갔다.

"형."

"들었냐?"

"뭐야? 지금 우리보고 전 중국 만한전석 대회 우승자와 붙으라는 거야?"

"너희도 전 한국 궁중요리 대회 우승자잖아?"

"우리가 무슨?"

"우승자 맞아. 내 마음속에는."

"형!"

"재희 불러라."

민규의 목소리는 단호했다.

"악!"

쾌속으로 달려온 재희는 비명부터 질렀다.

"중국 만한전석 요리 대회 우승자요?"

"말만 듣고도 쫄았냐?"

민규가 웃었다.

"셰프님……."

"우승자 맞다. 게다가 쌍둥이다. 겁나면 포기 선언이라도 하든지."

"그건 아니지만……."

재희 눈이 종규에게 돌아갔다. 종규라고 별수 없다. 어깨를 으쓱해 보이는 게 다였다.

"아앙, 미치겠다. 정말."

재희의 몸서리가 깊어갔다.

"너희도 전국 대회 우승자잖아? 뭐가 문제야?"

민규가 슬쩍 자부심을 자극했다.

"하지만 만한전석 대회는……."

"뭐?"

"어마어마하잖아요? 일 년 내내 대회가 열리고 주마다 서바이벌 형식으로 최종 6명을 가려 결승을 치르는……."

"참가자만 해도 굉장하지."

"아시면서……."

"하지만 거기 우승자들도 한강에 모인 궁중요리 대회 응시자들 봤으면 놀라 자빠졌을걸?"

"셰프님."

"기왕 시작한 거 만한전석이나 읊어봐라. 적을 알고 나를 알면 백전백승이라니 제대로 알기나 하는 건지 좀 보자."

"청나라의 강희대제가 차린 거잖아요? 베이징에 거주하는 노인들을 전부 황궁으로 초청해 사흘 밤낮으로 즐긴 만주족과 한족 호화요리의 모든 것."

"부족한데?"

"대상자와 비용에 따라 여섯 등급으로 나누며 1~3등급은 황제의 조상, 4등급은 황제의 생일이나 혼례, 5등급은 조선의 사절이나 달라이, 판첸 라마… 6등급은 기타 주변국의 주공 사절 등을 위해 차려내는……."

"계속……."

"만한전석에 나온 요리 숫자만 해도 200여 가지. 한 차례는 주로 4개의 세트로 구성되고 한 세트에 메인 하나와 보조요리 4개가 따른다. 어느 정도 정통성만 갖춰도 20종이니 무려 100가지. 사흘을 반복해 나오면 가짓수만 해도 약 300여 가지… 간추려도 대략 100여 가지……."

"사흘은 일단 제외되지 않을까?"

"셰프님."

"너희들에게 만한전석 레시피로 맞짱 뜨자는 것도 아니고……."

"아니면요? 12첩 반상을 가장 화려하게 차려도 만한전석 비주얼은 쫓아가기 힘들다고요."

"미안하지만 양으로 붙자는 옵션도 없거든."

"……."

"100여 가지도 너희 계산이야. 어쩌면 50가지… 혹은 30가지 정도로 압축될 수도 있지. 공식 요리 대회가 아니니 몇 가지 더 줄어들 수도 있고."

"셰프님……."

"자신 없으면 손들어도 된다니까. 나도 괜히 나섰다가 버벅 거리는 모습은 보고 싶지 않다. 뭐 포기한다고 벌금 낼 일도 아니고."

"누가 포기한대요?"

재희의 오기가 꿈틀거렸다.

"그럼 서둘러야 할 것 같은데?"

"예?"

"저기……."

민규의 눈짓이 입구를 가리켰다. 쩌우정의 차량이 다시 들어오고 있었다.

"우워어, 숨 쉴 틈도 안 주네."

종규도 몸서리를 쳤다.

"내가 팁 하나 줄까?"

민규가 슬쩍 떡밥을 던졌다.

"뭔데요?"

"여긴 너희들 홈이다. 굉장히 중요한 사실을 잊고 있는 것 같아서……."

민규가 웃는 사이에 차량이 멈췄다. 쩌우정이 나오고 쌍둥이도 나왔다. 쌍둥이는 민규에게 인사부터 갖췄다. 그런 다음 뒤의 냉장차에서 아이스박스를 꺼내놓았다. 작은 냉장고만 한 아이스박스만 무려 일곱 개였다. 만한전석, 식재료의 양부터 실감이 나기 시작했다.

"쑨차오 회장님은 육성그룹 생산 현장 방문을 마치고 오신다고 합니다."

쩌우정이 말했다.

"알겠습니다."

"저쪽이 셰프의 제자들이군요?"

"제가 제자를 둘 주제는 아니지만 요리에 도움을 주는 친구들입니다. 재희야, 와서 인사드려라. 중국에서 오신 쩌우정 셰프님."

민규가 재희를 불렀다. 재희가 인사를 했다. 조바심을 내던 모습은 사라졌다. 어리지만 승부사의 기질이 있는 재희. 그새 투지가 폭발하고 있었다.

"진행은 셰프께 일임합니다. 우리 곽바오와 곽베이에게도 미리 말해두었습니다."

"진행이랄 게 있나요? 선생님의 제자들이 만한전석을 만든다니 가급적 분위기에 맞는 요리를 진행하도록 하겠습니다."

"그러면 되겠군요."

"재희, 종규. 중국말 조금 알지? 영어를 하든 중국어를 하든 주방 소개하고 진행하도록 해라."

"알겠습니다."

종규가 의젓하게 지시를 받았다. 기왕에 벌어진 일이었다. 포기는 있을 수도 없는 일. 그걸 알기에 종규도 투지 모드에 돌입해 있었다. 민규가 노리던 바였다.

재희와 종규가 숙수 복장을 갖추는 사이에 민규가 곽바오 곽베이 형제에게 다가섰다.

"멋진 요리 기대합니다."

"고맙습니다, 셰프님."

쌍둥이가 합장을 했다. 사기를 돋우는 건 마음이 편해지라는 배려였다. 그들 속내는 모르지만 민규를 존경한다면 부담이 될 수 있었다. 그걸 풀어주는 것이다. 그사이에 종규와 재희가 숙수 복장을 갖춰 입고 나왔다.

"어때?"

민규가 소감을 물었다.

"담담해."

종규가 답했다.

"재희는?"

"저도요. 어쩌겠어요."

"그럼 한 가지만 명심해라."

"여기가 우리 홈이라는 거요?"

"아니, 중국 친구들이 뭘 하든 휩쓸리지 말고 너희 요리를 하라는 거."

민규의 조언은 짧았다. 그러나 재희와 종규에게는 강철 같은 중심을 잡아주는 한마디였다.

우리 요리.

그저 비장해지는 데 여념이 없던 재희와 종규.

비로소 정신 줄이 짱짱하게 당겨졌다.

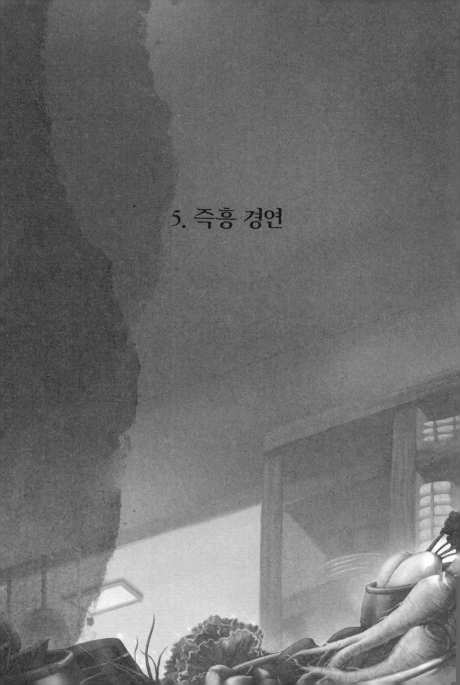

5. 즉흥 경연

만한전석!

둥근 원탁에 세팅하면 원탁을 덮고도 남는 위엄이다. 자칫하면 요리 위에 요리를 포개놓아야 한다. 테이블도 마찬가지. 웬만한 테이블에는 올라가지도 않는 방대함을 자랑하는 것이다.

먼발치의 민규, 고민하는 재희와 종규를 바라보았다. 이제보니 쩌우징이 고마웠다. 느닷없는 요리 경연장이 되어버린 주방. 재희와 종규에게는 또 한 번 도약할 수 있는 기회였다.

뭘 만들까?

상상하는 민규도 즐거웠다. 무엇이 나오든 쩌우징은 즐겁게 시식할 것이다. 이미 그의 요리를 맛본 민규였기에 잘 알고 있었다. 그 셰프를 알려면 요리를 먹어보면 된다. 요리에 인격과 품격이 담겨 나오기 때문이었다.

쩌우정의 칭찬은 재희와 종규에게도 자부심이 될 수 있다. 혹 충고나 조언이 나와도 나쁘지 않다. 그 또한 약에 다름 아니었다.

요리사는 때로 시간과 싸울 때가 있다. 느닷없는 주문이 들어올 때도 있고 돌발 상황에서 응용력을 발휘해야 할 때도 있다. 재희와 종규에게는 바로 지금이었다.

만한전석!

상대의 요리는 정해져 있다. 문제는 그 요리의 스케일이었다. 만한전석은 요리의 만리장성이다.

재희와 종규가 배운 5첩 반상, 7첩 반상, 9첩 반상, 12첩 반상의 그림으로는 맞수가 되기 어려웠다. 그렇다고 궁중요리와 약선요리를 배운 마당에 아무거나 들이대 접시 수를 늘릴 수도 없었다. 그런 수로 대적한다면 시도 자체에서 지고 들어가는 것이다.

더구나 청와대 만찬을 앞둔 시점이니 이만한 전초전이 있을 수 없었다. 쩌우정에게 약수 한 잔을 더 소환해 주었다. 보답이었다.

"차 사장님."

느긋한 마음으로 전화를 걸었다. 만한전석의 산해진미와 종규와 재희가 만들어낼 요리. 양도 넉넉하지만 차만술에게도 좋은 그림이 될 것 같았다. 그에게 부탁할 일도 있었다.

—그렇다면 문을 닫고라도 내려가야지.

흥분한 차만술은 바로 뛰어왔다.

"억!"

민규 말을 들은 차만술이 자지러졌다. 만한전석도 그렇지만 청와대 만찬주 때문이었다.

"만찬주를 책임지라고?"

"그렇습니다."

"이 셰프……."

차만술의 어깨가 와들거렸다. 알고 보면 순진한 차만술, 청와대 만찬이라는 말에 넋이 반은 나가 있었다.

"새로 개발하는 약주들 많을 거 아닙니까? 약주야 제가 사장님 따라갈 수 없죠."

"정, 정말이야? 중국 주석과 우리 대통령이 마시는 건배주를 나한테 맡긴다고?"

"자신 없어요?"

"아, 아니야. 해볼게. 새로 시도하는 명주들도 있고……."

"그럼 책임지시는 겁니다."

"알았어. 알았다고."

대답하는 차만술은 식은땀투성이였다.

건배주 건을 정리하고 이규태와 허달구, 박병선에게 차례대로 전화를 넣었다. 셋 다 미식가 수준의 식도락가들. 객관적인 판단을 내려줄 능력이 있었다. 둘은 반색을 했지만 박병선은 홍콩이었다. 별수 없이 두 사람을 더 섭외했다. 홍설아와 남예슬이었다.

—그런 자리라면 녹화 펑크 내고라도 가요. 셰프님 눈도장도 받아야 하는 판인데…….

—셰프님 초청이니 무조건 가야죠.

둘은 기꺼이 수락했지만 홍설아가 더 적극적이었다.

10여 분 경과.

요리를 시식해 줄 사람들은 정해졌지만 재희와 종규의 요리는 아직 가닥을 잡지 못하고 있었다.

"오빠……."

재희 눈빛이 울상이다. 아이디어라는 놈, 때로는 쉽게 떠오르지만 그렇지 않을 때는 몇 날 며칠을 쥐어짜도 제자리걸음이다.

울상이기는 종규도 다르지 않았다.

만한전석.

연회의 존엄이자 대명사.

그 장벽이 너무 컸다. 프랑스처럼 송아리 한 마리를 잡든지, 통돼지 바비큐 정도는 해놔야 양에 대한 대적이 가능하다. 그도 아니면 가마솥을 동원해 밥을 짓고 떡을 만들든지…….

역사를 짚어갔다. 만한전석은 베이징의 노인들을 위한 잔치였다. 조선에도 노인을 위한 잔치는 많았다. 영조와 정조도 감선에 철선, 각선까지 할지언정 노인을 위한 잔치는 줄이지 않았다. 의미상으로도 만한전석과 어깨를 겨룰 수 있다. 그러나 그 테이블의 찬품 구성은 만한적선에 견줄 만하지 않았다.

'풍정연……'

종규가 떠올린 최대의 화려한 연회. 그러나 그 연회는 숙종 이후에 영영 사라졌다. 사치보다 검소를 추구한 왕실문화 때문이었다. 그러니 정통 궁중요리를 표방하는 초빛에서 그걸 시도할 수도 없었다.

재희는 팔괘의 상차림을 제안했다. 팔괘의 진행도처럼 상차림을 내는 것. 천풍화산(天風火山) 등의 주제에 맞춰 요리를 펼쳐놓으면 어떨까?

"좋은 생각인데 그게 무슨 의미?"

종규가 퇴짜를 놓았다. 음양오행의 한 방편이라지만 요리로 차려내기엔 다소 산만한 것이다.

"그럼 궁중연회식 의궤에 등장하는 각 찬품의 대표작 한 가지씩으로 구성하는 건 어때?"

재희가 다른 의견을 냈다. 나쁘지 않았다. 면류에서 창면, 만두류에서 어만두, 탕류에서 열구자탕, 전유화류에서 양전유화식으로 가면 무난한 구성이 될 수 있었다.

"아니면 중국 사신상 재현. 숙편, 녹두병, 상화병, 편증, 산산병, 약과 등을 합치면 23가지나 되거든. 조선에서 중국으로 보내던 특산물을 중심으로 요리하면 만한전석의 화려함에도 맞설 수 있고……."

"상대가 중국 사람들이니까 역사의 한 장면을 살리자?"

"의미도 좋잖아?"

"좋기는 한데 셰프님이 한 말은 그게 아닌 거 같아서."

"셰프님?"

"우리 요리를 하라고 했잖아."

"중국 사신에게 올린 것도 우리식 요리야."

"나도 알아. 하지만 축제의 의미가 약하잖아?"

"그건 그렇긴 한데……."

"만한전석을 내다 버리고 그냥 귀한 손님을 위한 한 상 차림 쪽으로 몰아보자."

"그러니까 그게 뭐냐고?"

재희가 조바심을 냈다.

생각…….

종규가 하늘을 보았다. 머리가 어지러워 나비를 떠올렸다. 노랑나비, 흰나비, 호랑나비, 사향제비나비 등이 너울거린다. 그제야 마음이 좀 편해진다.

나비는 제각각이다. 계절에 따라서도 다르다. 식재료처럼 나비도 제철이 있는 것이다. 원래 요리의 기본은 제철 음식이다. 궁중요리의 기본도 거기에서 벗어나지 않는다. 간혹 엄동설한에 봄, 여름의 먹거리를 찾는 왕들도 있기는 했지만…….

"아!"

거기서 종규가 아이디어 한 가닥을 뽑아냈다.

"좋은 생각났어?"

"그래. 제철 음식, 어때?"

"제철 음식?"

"우리 약선요리의 기본이잖아? 제철에 나는 재료로 만든 요리야말로 살이 되고 약이 된다."

"……?"

"옛날에야 제철 재료가 따로 있지만 지금은 모든 계절의 식재료가 가능하잖아? 맛이야 살짝 떨어진다고 해도……."

"결론만 말해. 저쪽은 아까부터 Ready 상태야."

재희가 쌍둥이를 돌아보았다. 쌍둥이가 똑같은 자세로 인사를 해왔다. 그들의 준비는 끝난 지 오래였다. 재희와 종규를 기다리고 있는 것이다.

"궁중에서 제철에 즐기던 대표요리를 골라 구성하자는 거야. 일 년 열두 달의 진미를 한자리에서 맛볼 수 있게. 그거라면 만한전석의 의미와도 겨룰 만하지 않겠어? 저쪽 요리는 두 민족의 조화지만 우리 요리는 세월의 조화, 인간과 시간, 시절의 조화가 되는 거니까."

"아싸, 콜!"

"괜찮지?"

"그럼 빨리 시작해야지."

"오케이."

"이봐요. 조금만 기다려요."

쌍둥이를 돌아본 재희가 식재료 창고로 뛰었다. 열두 달 제철 시절요리. 궁중에서 대표로 꼽히던 시절요리의 식재료를 골랐다. 노란 은행잎과 대나무 등의 장식물도 골랐다. 제철요리를 살리려면 거기에 어울리는 효과도 필요한 것. 돌발 경연의 시작이었다.

만한전석의 식재료.

만리장성에 버금갔다.

종규네의 제철요리 식재료.

그에 비하면 몹시 소박했다.

"시작할까요?"

쌍둥이가 물었다.

"좋아요."

재희가 중국어로 화답했다. 간단한 중국어쯤은 재희도 종규도 오케이였다.

"그런데 미리 허락받고 싶은 게 있는데……."

쌍둥이의 말이 길게 나왔다. 반은 알아듣고 반은 못 알아들은 재희와 종규, 민규를 바라보았다.

"뭐죠?"

민규가 통역에 나섰다.

"실은 저희가 유티비에 따웨이왕 영상을 올리고 있거든요.

죄송하지만 요리하는 모습을 찍어도 되겠습니까?"

"따웨이왕이라면 먹방이군요. 뭐 상관없습니다."

"어? 저쪽도 유튜버들이래?"

대충 알아들은 종규가 물었다.

"그렇단다. 요리하는 모습 찍어도 되냐고… 보아하니 인플루언서들 같은데?"

"그럼 우리도 찍어서 올릴래."

"그래라. 오늘은 너희들이 초빛 수석 셰프다."

민규의 허락이 떨어졌다.

쌍둥이와 종규가 카메라를 설치했다. 종규도 처음은 아니다. 간간이 동영상을 올린다. 마음만 먹으면 얼마든지 최고의 인플루언서가 될 수 있었던 민규. 그러나 거기 올인 하지 않았다. 셰프는 주방에서 죽고 산다. 민규의 신념이었으니 동영상은 그저 희귀한 요리를 소개하는 정도에 그치고 있었다.

탕!

쌍둥이의 형 곽베이의 중식도가 염소힘줄을 가르면서 요리가 시작되었다. 그들의 주특기는 힘줄요리. 쌍둥이이기에 호흡도 척척 맞았다.

만한전석은 원래 먹는 법이 따로 있다.

시작은 식탁의 중심을 잡아주는 아름다운 조각이다. 호박이나 수박, 과일 등을 이용하여 용이나 봉황, 꽃을 형상화한 작품을 놓는다. 똬리를 튼 용의 위엄이 황제의 존귀함이니 만한전석이 황제의 요리라는 의미를 품고 있다.

다음으로 서후룽징 차를 마신다. 냉채와 열채, 탕류가 이어진다. 육류는 당나귀고기부터 사슴고기, 오리고기에 뱀고기까지 나온다. 상어지느러미는 물론이오, 제비집에 개구리, 자라 등도 동원된다. 봉향상수라고 향을 올리고 축하하는 것을 시작으로 영가향명, 어선다점사품, 유련소, 감로소, 완두황, 화생전, 조미사품, 미미장채 등 끝도 없이 달려가는 것이다.

쌍둥이의 칼질은 경지에 있었다. 형이 토막 내고 동생이 완성하는 것은 기본이었고, 허공에서 칼질 몇 번으로 껍질을 벗겨내기도 하니 무협의 경지가 따로 없었다.

채소와 과일을 다루는 솜씨도 뛰어났다. 그들은 채소의 결을 알았고 향을 살릴 줄 알았다. 무엇보다 맛을 가두는 시점을 능란하게 파악하는 모습이 인상적이었다.

치익치익.

기름 소리가 나면 요리가 나왔고, 요리의 분담도 기가 막히게 체계적이었다.

물론 최고의 솜씨는 향이었다. 재료의 특성을 살려내는 향은, 중식 특유의 기름 냄새 속에서도 감춰지지 않았다.

'흐음…….'

민규가 웃었다. 재희와 종규에게는 만만한 상대가 아닌 게 틀림없었다.

그렇다면 종규와 재희는?

둘 역시 분투하고 있었다. 느닷없는 일이라 조금 흔들렸지만 이내 자리를 잡았다. 민규는 보드에 적힌 메모를 통해 둘의 메뉴를 읽어냈다.

금은화차.
1월—적두죽, 오곡밥, 상원채.
2월—송병.
3월—두견화전, 화면, 탕평채.
4월—어만두.
5월—창포수리취떡.
6월—수단, 상화병.
7월—규아상.
8월—밤단자, 토란단자. 5색송편.
9월—국화전. 율란, 조란.
10월—변씨만두, 열구자탕, 연포.
11월—전약. 수정과
12월—납육.
산사맥아차.

'음…….'
민규 입가에 미소가 스쳐 갔다. 종규와 재희는 제철요리의 대표작으로, 앞뒤로 배치한 차를 제외하면 24가지 작품으로 구성을 했다. 상징적으로는 24절기까지 맞추는 것이니 의도가 좋았다.

민규가 주목한 건 납육이었다. 저 납육은 민규와 재희, 종규가 함께 만들었다. '납육' 하면 생소하지만 한국의 '하몽' 하면 이해가 쉽다.

와인의 안주로 각광받는 하몽. 그러나 그 하몽은 일찍이 우리나라에도 있었다. 그걸 홍보하기 위해 만들었던 하몽을 종규가 써먹고 있는 것이다.

한국판 하몽은 증보산림경제에 레시피가 나온다. 만드는 법도 그리 어렵지 않다. 갓 잡은 돼지고기를 덩어리째 말린 다음 밀 삶은 물에 데친다. 고기 한 근에 소금 한 냥 비율로 비벼 항아리에 넣고 2~3일에 한 번씩 뒤집어준다. 보름 뒤에 식초에 하루 이틀 재웠다가 꺼내 고기 절였던 물로 깨끗하게 씻고 연기 없는 방에 매달아놓는다. 20일쯤 지나 겉이 마른 듯 젖은 듯한 상태가 되면 종이로 싸서 큰 항아리에 잿물 뺀 재와 고기를 켜켜이 넣고 뚜껑을 덮어 서늘한 곳에 두면 끝이다.

원래는 해를 지나 시식하려고 했던 것. 하지만 지금 꺼내도 문제는 없을 일이었다.

처음과 마지막에 배치하는 금은화차와 산사맥아차의 구성도 좋았다. 금은화차는 인동덩굴의 꽃을 사용한다. 열을 내리고 독을 없애며 갈증을 풀어주며 입을 개운하게 가셔주니 좋았다. 산사맥아차의 산사는 육류 소화에 좋고 맥아는 곡류 소화에 좋다. 즐겁게 먹은 식사의 소화에 도움이 될 일이니 약선의 의미를 살리는 것이다.

또 하나 주목할 것은 장식을 만들 재료들이었다. 종규의 주특기가 된 궁전 문양을 쓰려나 했는데 준비물의 방향이 달랐다.

'뭐지?'

궁금증 또한 민규의 즐거움이 되었다.

양쪽 요리가 절정으로 치달으면서 풍미 가득한 향이 진동을 했다. 한국 약선요리와 중국 정통요리의 냄새 조화도 나쁘지 않았다. 그러고 보면 요리는 정말이지 국경이 없었다. 어찌 보면 이질적인 요리법이지만 이내 상생의 조화를 이루는 것이다.

"와아, 냄새 죽인다."

조바심에 쩌는 비명은 홍설아의 것이었다. 옆에는 남예슬이 보였다. 방송국에서 만나 함께 온 모양이었다.

"셰프님, 요수 한 잔 부탁드려요. 저, 저 요리 다 먹고 갈 거예요."

꽃다발을 안겨준 홍설아가 기세를 올렸다. 두 사람이 사 온 꽃다발도 만한전석만큼이나 푸짐했다.

"그럼 애써 빠진 살이 다시 찔 텐데요?"

민규가 짐짓 경고를 던졌다. 이제 제대로 자리를 잡은 홍설

아의 프로그램 행주방. 살이 쭉쭉 빠지면서 약선요리의 홍보
까지 겸하는 그녀였기 때문이었다.

"그건 셰프님이 책임지세요. 저 부른 게 셰프님이잖아요."

홍설아는 민규를 물고 늘어졌다.

"예슬 씨는요?"

"저도 한 잔 주시면 좋죠. 뭐."

대답하는 남예슬의 얼굴에서는 오늘도 살구 냄새가 아련했
다.

"이 셰프님!"

이규태와 허달구도 도착했다. 쑨차오와 그 일행 둘도 뒤를
이었다. 마지막으로 차만술이 내려왔으니 시식을 맡은 사람들
은 전원 출석이었다.

꽃은 쌍둥이와 종규네 주방 앞쪽에 살며시 놓아주었다. 민
규식의 응원이었다.

만한전석의 요리들이 슬슬 비주얼을 갖추기 시작했다. 저
유명한 두리안으로 만든 파이 유련소가 나오고 와두떡을 닮
은 완두황도 나왔다. 호두과자를 닮은 해도소, 양갱을 닮은
구령고, 꿀에 절인 대추 궁정밀조, 남예슬이 좋아할 만한 말
린 살구요리 개위행포……

해초와 조갯살의 향연에 담백한 당나귀고기 장려육, 촉촉
하고 부드러운 함수압… 그 너머로는 얼음꽃으로 피어난 제비
집요리 빙화관연이 보이고 상어지느러미와 함께 사슴요리 홍

팔록육도 잘 여문 호박을 아울러 세팅이 되었다.

민규가 종규 쪽으로 시선을 옮겼다.

종규와 재희도 쌍둥이만큼이나 바빴다. 오곡밥을 안친 돌솥에서 모락 김이 오르는 사이, 단자와 전이 나오고 전약이 접시에 담겼다. 둘의 세팅은 쌍둥이와 달랐다. 만한전석이 푸짐한 위용을 자랑한다면 종규와 재희의 세팅은 단아함과 수려함 쪽이었다. 캔버스 어느 한쪽의 여백도 허락하지 않는 서양화의 웅장함과 여유로운 산수화의 대조인 것이다.

"만한전석 끝났습니다."

후식 꽃차인 철관음을 끝으로 쌍둥이가 종결 선언을 했다.

"우리도 완료입니다."

오곡밥을 퍼낸 재희의 목소리가 뒤를 이었다. 이제 남은 건 테이블 장식이었다. 끝이 보이지 않는 만한전석과 단아한 여유의 약선제철요리. 쌍둥이와 종규네는 각각의 테이블에 요리를 세팅했다.

장식이 끝난 요리는 한지 포장으로 덮였다. 자신의 테이블 앞에 선 쌍둥이와 종규, 재희의 이마에서 송곳 땀방울이 흘러내렸다.

"오늘의 만찬을 공개합니다."

쌍둥이가 먼저 한지를 잡았다. 동생 곽바오가 한쪽 끝을 당기자 만한전석의 위용이 드러났다.

"아!"

끝이 늘어지는 감탄은 누구 입에서 나왔을까? 홍설아였을까? 이규태였을까? 그 짐작은 모두 빗나가 버렸다. 첫 감탄의 주인공은 종규와 재희였다.

"어쩜!"

"이야!"

홍설아와 이규태의 감탄은 한 박자 늦게 나왔다. 기막힌 비주얼이 말문을 막아버린 탓이었다.

"모시겠습니다."

곽베이가 정중한 몸짓으로 테이블을 가리켰다. 전 중국 만한전석 요리 대회 최종 우승에 빛나는 곽바오, 곽베이 형제. 그들의 우승은 운이 아니었다. 이들이 차린 만한전석의 요리 숫자는 무려 108가지. 3등급 수준의 재료로 1등급의 요리를 빚어낸 절정의 솜씨들이었다.

"우우!"

압도적으로 시선을 끌어당기는 요리의 구성… 그야말로 산해진미의 바다가 아닐 수 없었다. 그 바다는 맛의 파도를 일렁이며 사람들의 미각을 자극했다. 그러나 어찌 미각뿐일까? 코를 마비시킬 것 같은 후각의 맹렬한 반응에 이어 시각을 매혹시키는 강력한 비주얼……

그중에서도…….

단연코 테이블의 중심을 차지한 용의 형상 조각이었다.

용!

그 용은 날고 있었다. 포효하면서 위용을 뽐냈다. 비늘부터 수염, 발톱까지 실물을 축소시킨 장관이었다.

"……!"

가까이 다가선 홍설아, 호기심을 발동해 용을 살펴보더니 또 한 번 비명을 지르고 말았다.

"앗!"

이 비명 또한 감탄에서 나온 것이었다.

"셰프님……."

그녀가 민규를 당겼다. 용을 가리켰다. 청룡이다. 대형 수박의 껍질을 살포시 벗겨내 초록의 컬러를 제대로 살렸다. 수분까지 촉촉해 용의 실물감을 더해주었다.

그런데…….

"……?"

민규도 비명을 지를 뻔했다. 용의 반대편 때문이었다. 청룡의 반대편, 그쪽은 놀랍게도 황룡이었다. 그 재료는 늙은 호박이었다. 역시 씨를 빼고 껍질을 살짝 벗긴 후에 수박 조각과 합쳐 반반의 용을 만들어낸 것. 이쪽에서 보면 청룡이고 저쪽에서 보면 황룡인 것이다.

"이것, 두 재료를 합쳐 하나로 만든 용이 아닌가?"

만한전석의 나라, 중국의 쏜차오도 놀라움을 감추지 못했다. 굴곡진 수박과 호박을 합쳐 조각한다는 건 아무나 할 수 있는 일이 아니었다.

"한국의 이 셰프님과 쩌우정 님의 우애를 기리기 위해 청홍의 색으로 조화를 맞췄습니다."

쌍둥이의 설명이 나왔다.

짝짝짝!

민규가 박수를 보냈다. 섬세한 배려에 보내는 응원이었다. 입안에 든 여의주 또한 청황으로 두 개였기 때문이다.

놀라움을 내려놓고 요리 감상을 이어갔다.

과실에서 육류까지.

배열도 적절했다. 오색은 제대로 살렸고 육류와 채소, 과일의 재료가 겹치지 않도록 하는 구성이었다. 무엇보다 놀라운 건 이 많은 요리를 3시간 만에 해냈다는 것.

게다가…….

막연히 테이블을 채워놓은 게 아니라 식어야 할 요리는 식고, 따뜻해야 할 요리는 따뜻하게 보존되어 있지 않은가?

"와아아!"

홍설아와 남예슬의 박수는 쉴 새 없이 이어졌다. 이규태와 허달구도 혀를 내두르고 있었다.

"고맙습니다."

쌍둥이가 정중히 답례를 했다. 혼을 뺏는 그들의 요리는 거기까지였다.

사람들의 시선이 종규네 테이블로 옮겨 갔다. 첫 주자는 쩌우정이었다. 쌍둥이의 만한전석은 흠잡을 데가 없었다. 적어

도 외양은 그랬다. 그러나 여기는 대한민국 최고의 약선요리
사 이민규의 요람. 그와 동고동락하는 두 제자의 솜씨가 궁금
하지 않을 수 없었다.

'과연…….'

쩌우정의 시선은 한지를 꿰뚫은 듯 반짝거렸다. 그 시선을
받으며 재희가 한지 포장을 벗겼다.

"……!"

포장지가 걷히자 쩌우정의 눈이 벼락처럼 반응했다. 종규와
재희의 약선요리. 쌍둥이처럼 중앙에 특별한 장식을 세우지
않았다. 그 요리들은 사계절을 파노라마식으로 연출하고 있었
다. 그 계절요리의 시작에 매난국죽이 버티고 있었다.

매화는 청아했다. 화려하지만 요리를 제압하지 않았고 이
목을 끌지만 방향성은 요리 쪽이었다. 그러니까 매화는 봄요
리를 안내하는 안내자의 역할인 것이다.

봄요리의 시작은 두견화전이었다. 두견화는 진달래꽃. 누가
뭐래도 봄의 전령사다. 두견화가 설레는 자태를 드러내면 산
들에 생명이 피어난다. 요리의 시작답게 정성이 한껏 들어갔
다. 정기가 담뿍 담긴 찹쌀을 골랐다. 익반죽을 떼어낸 크기
도 일정했고 동글납작한 자태 또한 미각과 시각을 동시에 만
족시켰다. 꽃술은 제대로 골라냈고 잎으로 올린 쑥잎의 생생
함도 잘 살렸다. 두견화전의 자태가 곱고 갈라지지 않았으니
반죽에 들인 공이 고스란히 느껴졌다.

화면, 탕평채, 어만두, 송병 등도 봄의 향연을 펼쳤다. 주로 연초록 접시에 세팅된 요리들은 봄의 생동감을 제대로 전하고 있었다.

다음은 난초였다. 난초의 안내 뒤로 여름의 요리들이 싱그럽게 속삭였다. 보기만 해도 시원한 규아상에 수단, 상화병, 창포수리취떡이 청아한 자태를 드러냈다. 눈이 시원해지는 요리들이었다.

가을은 국화 장식이 이어받았다. 노랑물을 들인 장식은 제대로 국화였다. 실제로 국화를 끓인 물에 재운 까닭에 국화향도 애잔했다. 그렇다고 지나치게 흐드러지지도 않았으니 딱 두 송이로 가을을 연출한 것이다.

가을의 대표요리는 노랑물이 묻어날 듯한 국화전. 그 옆으로 펼쳐진 5색 송편은 자연의 보석처럼 보였다. 밤단자와 토란단자의 자태도 소담하게 돋보였다. 변씨만두와 열구자탕, 연포 등의 요리는 풍성한 가을을 상징하듯 유독 푸짐하게 담았다. 음식의 양마저도 강약을 조절한 것이다.

파노라마의 마무리는 대나무 장식이었다. 장식의 기둥은 대형 마. 그걸 조각해 초록물을 들였다. 잎사귀 역시 마를 베어내 만들었다. 쌍둥이와 같은 건 식재료를 사용했다는 것이고 다른 점은, 요리의 일부로써 먹어도 된다는 것이었다. 오직 장식만을 위한 쌍둥이와의 차이점이었다.

"기막히군요."

쩌우정의 고개가 쉴 새 없이 끄덕거려졌다. 전약과 수정과, 납육, 적두죽에 오곡밥… 따뜻한 기운이 저절로 느껴지는 요리들. 네 영역으로 펼쳐진 주제를 알 것 같았으니 입에 발린 칭찬이 아니었다.

만한전석!

아무나 도전하는 요리가 아니었다. 그저 가짓수 많게, 상다리 부러지게 차린다고 만한전석이 아니었다. 만주의 식재료와 한족의 식재료에 정통해야 하며 대표적인 맛을 제대로 이해하고 구현해야 했다. 그렇기에 중국요리사라면 만한전석의 재현은 자부심이 될 일. 비록 지금은 지나친 사치라 하여 실제 생활에서는 많이 사라지고 있지만 요리 자체는 레전드에 속하고 있었다.

종규와 재희.

그 만한전석의 위용.

만리장성 같은 장엄함을 망각하게 만드는 초월적인 요리를 펼쳐놓은 것이다.

'무위자연……'

쩌우정은 정수리가 조여오는 걸 느꼈다. 비워서 아름다운 것이 마음이라면 채워서 아름다운 게 위장이었다. 요리사에게는 더욱… 그런데 지금 이 순간, 이 순간만은 채움을 위해 폭주한 만한전석이 초라하게 느껴졌다.

"이 요리……."

쩌우정이 종규와 재희를 바라보며 말을 이었다.

"주제가 무엇입니까?"

"저희 주제는……."

설명은 재희가 맡았다. 언변으로는 종규가 당하지 못하는 까닭이었다.

"이 요리의 주제는 한국의 세시풍속, 즉 계절에 따라 즐겨 먹는 요리들의 향연입니다. 봄, 여름, 가을, 겨울로 나눠 궁중 요리와 약선요리의 대표작을 뽑았으며 시절의 순으로 세팅을 해보았습니다. 앞에서부터가 봄이며, 끝 쪽이 겨울의 대표요리들이 되겠습니다."

'역시…….'

쩌우정의 고개가 다시 끄덕여졌다. 단순하지만 기막힌 배열에 대표성까지 부여함으로써 시선을 홀려 버리는 요리들…….

'하지만…….'

그는 흔들리는 의식을 바로잡아 놓았다. 이 자리는 민규를 뭉개기 위한 자리가 아니었다. 그에게 정통 중국요리를 선보이며 친분을 쌓으려는 자리. 그러나 우연치 않게 민규의 제자도 둘이기에 쌍둥이의 자극을 위해 만든 즉흥 요리 경연…….

비주얼은 패배였다. 화려한 것으로 누르지 못한 소박함의 극치. 승부를 위해 시작한 경연이 아님에도 중국의 자존심을 생각하게 되는 건 어쩔 수 없었다. 쩌우정 역시 중국인인 것이다.

'그래도 맛은……'

쩌우정의 후각이 쌍둥이의 만한전석으로 옮겨 갔다. 요리
의 향은 기대할 만했다. 종규네 것보다 한결 묵직하고 중후한
것이다.

"이 셰프님."

쩌우정이 민규를 불렀다.

"예."

"청출어람의 뜻을 여기서 봅니다."

"과찬이십니다."

"천만에요. 주제의 승화가 너무 인상적입니다. 맛에도 주제
가 녹아 있다면 커다란 배움이 될 것 같은 예감이 듭니다."

"저는 만한전석의 맛에 기대가 되는데요?"

"그럼 시식해 보실까요? 다른 분들도 침이 마를 지경 같은
데……."

"좋죠. 여러분, 이제 시식하셔도 될 것 같습니다."

민규가 소리쳤다. 옥침에 시달리던 시식 대기자들이 환호를
울렸다. 동시에 쌍둥이와 종규, 재희의 표정은 반대로 변했다.
요리에 있어 최고로 중요한 맛의 시험대. 그 도마에 오른 것이
다.

"와아아!"

홍설아, 그녀. 두 요리 사이에서 발만 굴렀다.

"왜요?"

차만술이 물었다.

"행복해서요."

"네?"

"너무너무 행복해서 뭘 먼저 먹어야 할지 모르겠어요."

"그럴 때는 그냥 직관에 맡겨요. 눈 코 입이 원하는 요리부터."

차만술의 선택은 전약과 탕평채였다. 그러나 먹지 않고 쌍둥이의 테이블로 옮겨 갔다. 거기서 샥스핀과 당나귀고기를 덜어냈다.

"으음……."

차만술의 음미는 시식 이상이었다. 눈을 감은 채 요리의 향을 먼저 먹는 것이다. 그제야 홍설아도 움직이기 시작했다. 두 테이블의 가운데, 거기서 양쪽을 번갈아 바라본다. 산해진미의 요람. 수많은 먹방을 섭렵한 그녀였지만 최상급 만한전석에, 계절식을 제대로 차려낸 약선요리를 동시에 본 적은 없는 까닭이었다.

"아, 몰라!"

그녀는 결국 가까운 요리를 선택했다.

시작은 쌍둥이의 요리가 유리했다. 더 많은 사람들의 손길이 닿았으니 쑨차오와 그의 일행들도 만한전석부터 즐겼다. 민규도 그쪽이었다. 중국의 정통요리 만한전석. 쌍둥이는 그 고전을 제대로 구현했다.

"만한전석의 많은 요리들이 레시피가 전하지 않아 계승되지 않고 있습니다. 일부는 현재 사용이 금지된 식재료라서 그렇기도 하고요."

쩌우정의 부연이 나왔다.

"표범태반처럼 영영 못 볼 재료도 있지만 이 친구들은 대타로써 그걸 계승하고 있지요."

쩌우정이 가리킨 건 돼지태반이었다.

"이 요리의 식재료는 돼지지만 표범요리의 기법을 더해 응용된 요리입니다. 저 친구들의 그런 도전 정신이 대회에서 높은 평가를 받은 것이죠. 금지되었다고 가지 않는다면 그 길은 영원히 없어지고 말 테니까요."

끄덕!

민규가 인정했다. 표범태반은 당연하고 곰발바닥요리도 마찬가지였다. 그 진미는 이제 즐기기 어렵다. 그러나 아직 돼지는 식용 금지 동물이 아니었다. 푸아그라가 안 된다면 오리의 간을 쓰면 된다. 포기하는 정신보다 백배는 나았다.

"최근에는 우리 주석께서 반부패 드라이브를 걸면서 만한전석이 괜한 철퇴를 맞고 있습니다. 그렇기에 청와대에서도 만한전석은 선보이지 못할 겁니다."

쩌우정의 목소리가 살짝 어색하게 나왔다.

"그러니까 오직 여기서만 맛볼 수 있는 거로군요?"

"셰프는 이해하시리라 믿습니다."

쩌우정이 고개를 숙였다.

108가지 만한전석.

사실은 이보다 더 많은 주제를 차릴 수 있는 요리. 사치의 눈으로 보면 틀림없는 사치요, 전통 계승의 눈으로 보면 소중한 자산······.

가치관은 내려놓고 천천히 즐겼다. 맛의 내력을 아는 건 중요하지만 내력만으로 요리 전체를 평가하는 것도 위험한 일이었다.

'금사하구··· 공작영지······.'

두 요리는 비주얼조차 매혹적이었다. 금사하구는 새우튀김이다. 새우 위에 금싸라기 같은 롤채를 올렸으니 입안에서 살살 녹았다.

공작영지는 청경채와 표고버섯에 새우를 곁들였다. 흡사 접시 위에 공작이 내려앉은 것만 같았다.

라오탕 육수를 더해 쪄낸 생선요리 또한 환상이었다. 닭고기와 햄, 관자만으로 풍후한 맛을 살려놓은 쌍둥이······.

그다음 요리에서는 기절 직전까지 치닫고 말았다. 그들의 주특기인 힘줄요리였다. 짧은 시간으로는 삶아내기가 불가능한 힘줄. 전처리를 해 왔겠지만 아이디어가 돋보였다. 소나 노루의 힘줄을 고아내면 젤라틴이 된다. 그 고소한 담백미를 폭발시키기 위해 겉면에 돌려 감아놓은 또 다른 젤라틴. 바로 자라 등껍질의 테두리에서 얻은 젤라틴이었으니 쫀득하면서도 한없이 부드러웠다.

'후어!'

하마터면 맛 폭탄에 눌려 숨 막혀 죽을 뻔한 민규였다.

채소와 고임, 조림요리를 즐기고 탕으로 넘어갔다. 그렇게 먹었건만 아직 반도 맛보지 못한 민규. 요수 한 잔으로 소화를 돕고 남은 요리 감상에 열중했다.

"……!"

민규의 감상은 매번 깨어나고 매번 죽었다. 전생인 이윤 덕분에 중국요리의 이해도가 빠른 민규. 따지고 보면 이 만한전석 또한 이윤의 역사에서 파생된 요리일 수 있었다. 그럼에도 갖가지 재료의 특성을 살려낸 조리법에 감탄하는 것이다. 흠은 파고들지 않았다. 단점도 찾지 않았다. 민규는 매 요리마다 장점만을 찾았다. 쩌우정과 쌍둥이는 민규가 마지막 요리를 맛볼 때까지 옆에 있었다. 그 또한 지극정성이 아닐 수 없었다.

"식재료 해석력이 탁월하고 재료의 특성을 맛으로 승화시키는 솜씨가 부러울 정도입니다."

민규의 평이 나왔다. 이만한 솜씨라면 이대로 청와대 만찬에 내놓아도 사람을 홀릴 것 같았다.

"음양에 있어 밝은 양의 말이 나왔군요. 어두운 음의 말도 부탁합니다."

쩌우정, 제자들을 위해 쓴소리를 원했다.

"그렇게 되면 흠을 위한 흠을 잡는 꼴입니다."

"겸손이십니다."

쩌우정이 웃었다. 지상에 완벽한 요리는 없다. 모든 셰프는 그 완벽을 위해 정진하는 것.

"정히 그러시다면……"

민규가 입을 떼기 시작했다.

"이 요리의 대상은 누구입니까?"

민규가 쌍둥이를 바라보았다.

"그야 셰프님이 우선이십니다."

"그럼 이 요리의 전래의 의미는 무엇입니까?"

"만주족과 한족의 화합입니다."

"원조 만한전석의 자리에 오신 분들은 누구였죠?"

"……!"

거기서 쌍둥이가 출렁거렸다.

만한전석.

베이징의 노인들이 대상이었다. 그러니까 만한전석은 노인들을 위한 요리가 되어야 하는 셈.

"이 박사님."

민규가 이규태를 불렀다.

"만한전석 드서보신 소감이 어떻습니까?"

"기가 막힙니다. 식재료들의 상태도 좋고 육수와 소스의 맛도 착착 감기면서 푸근하네요. 한마디로 맛 덩어리 같았습니다."

"아쉬운 점은 없었나요?"

"글쎄요, 워낙 푸짐한 진수성찬이다 보니 하나하나 음미하며 먹기에는 조바심이 나는 통에……"

이규태가 웃었다.

"들으셨죠? 우리 이 박사님이 한의사이신 데다 미식가를 겸하는 분입니다. 만한전석을 가장 잘 이해하실 분이니 제 소감으로 대신해 주시기 바랍니다."

"이 셰프님……"

"요리 전체가 따로 또 같이, 다른가 하면 조화를 이루니 딱히 흠을 잡기 어렵습니다. 흠이라면 저희가 협소한 공간을 제공해 연출의 폭이 좁아진 것뿐이니 더는 묻지 마십시오."

"허어."

"이제 저희 요리 차례입니다."

순발력으로 넘어간 민규가 약선요리를 가리켰다. 쩌우정은 별수 없이 몸을 돌렸다.

제철요리.

그 앞의 쩌우정은 몹시 신중했다. 함께 맛을 보는 쌍둥이도 그랬다. 꽃을 띄운 듯한 면요리 '화면'이 시작이었다. 탕평채의 감상도 소홀히 하지 않았다. 두견화전에서는 새콤달콤한 맛이 올라왔다. 반만 금박을 둘러 더 진귀한 느낌을 주는 어만두의 속맛에도 그런 잔향이 서렸다.

"······!"

접시를 보던 쩌우정의 시선이 난초 너머로 옮겨 갔다. 봄의 접시에는 보리 싹을 깔았다. 여름의 접시에는 모시 싹, 가을의 접시는 노랑 은행잎, 겨울은 솔잎이었다.

'그렇다면······.'

난초 너머의 접시에서 요리를 집어 들었다. 수단과 상화병에서는 쌉싸래한 맛이 느껴졌다.

"곽바오, 베이."

쩌우정이 쌍둥이를 불렀다.

"예, 선생님."

"무엇을 느낀 게 있느냐?"

"절기로 나눠진 요리의 참맛을 보고 있습니다. 접시 바닥에 깔아둔 장식조차 계절을 살렸으니 저희가 생각지 못한 부분들입니다."

"다른 건?"

"식재료의 맛은 물론이오, 계절 꽃 오림으로 요리의 기분을 한층 살려놓은 것도 배울 점 같습니다."

"또 다른 건?"

"전체의 조화도······."

"알았다. 계속 맛을 보자꾸나."

쩌우정은 국화 영역에 멈췄다. 국화전에 율란, 전약을 먹었다. 이제는 확연하게 다가왔다. 이번에는 매운맛이 기저에 있었다.

'여긴 짠맛이…….'

대나무 영역에서는 먼저 짐작을 했다. 납육과 송병의 맛이 과연 그랬다.

"어떠냐?"

대나무 영역의 요리까지 맛보고 쌍둥이에게 다시 묻는 쩌우정.

"신선의 계곡을 지나온 기분입니다."

"속이 편안하고 푸근해지는 요리였으니 그 담백함에 부끄러울 뿐입니다."

쌍둥이가 답했다.

"거기 두 분 셰프……."

쩌우정이 종규와 재희를 바라보았다.

"대단한 요리였습니다."

"고맙습니다."

재희와 종규가 고개를 숙였다.

"계절식으로 차려낸 요리는 마치 인간 섭생의 고리를 보여주는 듯한 느낌입니다. 일 년의 진미를 한꺼번에 맛보았으니 대단하다 할 수밖에요."

"부족한 점이 많을 텐데 좋게 봐주시니……."

종규가 말끝을 흐렸다.

"그런데… 이 요리들 말입니다. 단순히 식재료만 제철에 맞춘 게 아니죠?"

"아, 예……."

종규의 말에 쌍둥이가 격하게 반응했다. 둘은 이제야 알았다. 그들의 스승이 집요하게 물어대던 내막. 일찌감치 요리의 숨은 맛을 파악하고 쌍둥이를 시험했던 것이다.

'숨겨진 의미가 또 있었단 말인가?'

쌍둥이가 시선을 들었다. 눈빛은 아연 긴장하고 있었다.

"만한전석의 위용은 저희도 일찍이 알고 있었습니다. 한국의 산해진미를 동원해 요리를 하면 비교가 될 수도 있겠지만 맛을 보시는 분들은 지루해하실 것도 같고… 해서 사계절을 대표하는 식재료를 골라보았습니다. 하지만 단순히 그런 식재료를 썼다는 것만으로는 유구한 만한전석의 위엄에 묻어가기는 부족할 것 같아 계절별 요리에 오미를 적용시켰으니 봄의 성찬에는 쓴맛의 약재를 더했고 여름의 성찬에는 신맛, 가을에는 매운맛, 겨울에는 짠맛을 더해 일 년 제철 음식의 본래 맛에 가깝게 구현하려고 노력해 보았습니다."

"아직은 오미가 아니로군요?"

쩌우정이 웃었다.

"맞습니다. 이들 계절별 맛은 사실 주례의 천관식의와 예기에서 따온 것이지만 이 네 가지 맛의 조화는 결국 단맛이 해내는 것이니 단맛을 더해 갈무리했습니다."

"……!"

쌍둥이의 눈이 휘둥그레지는 게 보였다. 거기까지는 상상도 하지 못한 둘이었다. 몸의 오행과 오미, 오곡, 오과, 오장의 조화. 그런 것은 그들도 공부한 바가 있었다. 하지만 이렇게 철저하게 적용시켜 본 적은 없었다. 곽베이가 먼저 돌아섰다. 매화 영역부터 다시 시식을 시작한다. 곽바오도 뒤를 이었다. 그들은 네 번 까무러쳤다. 스승의 짐작은 틀림이 없었고 종규의 설명은 과장이 없었다. 원재료의 맛을 해치지 않으면서 살며시 더해놓은 계절의 진미. 완벽한 오미의 조화가 거기 있었다.

"요리의 신세계 하나를 또 보게 되었습니다. 부족함을 깨우쳐 주셔서 고맙습니다."

쌍둥이가 종규와 재희를 향해 고개를 숙였다.

"셰프님."

쩌우정이 민규를 바라보았다.

"예."

"결국 요리를 통해 제자들의 부족함을 일깨워 주시는군요."

"아닙니다. 저 요리에는 제가 개입하지 않았습니다."

"그렇기에 셰프님이 대단한 거 아니겠습니까?"

"선생님……."

"말로 하는 가르침은 오래가지 않지요. 오늘 제 제자들은 온몸으로 느꼈을 겁니다. 궁극의 요리를 찾아가는 데 또 하나의 보물이 되리라 믿습니다."

"그건 너무 일방적인 칭찬 같습니다."

"일방적이라고요?"

"요리는 결국 손님들이 즐기고 소비하는 것 아닐까요? 그러니 시식하신 분들에게 여쭤보심이……."

"그럴까요?"

쩌우정이 동의를 했다.

"여러분, 요리 잘 즐기셨습니까?"

"네에!"

민규가 묻자 손님들이 대답했다. 홍설아의 목소리가 가장 크게 나왔다.

"여기 쩌우정 셰프님께서 어느 요리가 맛이 좋았는지 궁금해하시니 각자 맛있게 먹은 테이블 쪽에 서주시면 고맙겠습니다."

민규가 요청하자 손님들 표정이 굳었다. 둘 다 기막힌 요리들. 그런데 우열을 가려야 한다니 고민이 되는 것이다. 참석자는 모두 8명. 별수 없이 선택을 하기 시작했다.

"……!"

결과는 사이좋게 네 명씩이었다. 그러자 쩌우정이 종규네 테이블에 서서 점수를 보태주었다.

"나도 한 표 행사해도 되겠지요?"

그가 웃었다.

"선생님은 심사 위원 격이니 무효표입니다. 오늘 맛의 평가는 무승부가 되는 게 맞습니다."

민규가 선을 그었다. 쩌우정도 더는 어쩌지 못했다.

"그렇다면 남은 승부는 저희가 계속 이어보는 게 어떨까요?"

곽베이가 긴급 제안을 해왔다.

"너희들 또 따웨이왕 영상을 찍으려는 게냐?"

쩌우정이 미간을 찡그렸다.

"요리가 많이 남았지 않습니까? 게다가 저기 두 셰프도 따웨이왕 영상을 올리고 있답니다."

곽베이의 설명에 쩌우정이 시선을 돌렸다. 종규와 재희였다.

"예. 저희도……."

종규가 동의하자 쩌우정은 할 말을 잃었다.

"그럼 이 셰프님도?"

쩌우정이 민규에게 물었다.

"저도 가끔씩 요리 영상을 올리곤 합니다. 아무래도 요즘은 유티비가 대세 아닙니까? 더 많은 사람들에게 요리를 보여주기에는 효과적이라……."

"허헛, 이 셰프님까지 그렇다면야 어쩌겠습니까?"

쩌우정의 승인이 떨어졌다. 쩌우정이 헤프게 웃는 순간, 쑨차오의 미간이 미묘하게 구겨졌다. 민규는 그걸 보지 못했다.

먹방.

또 하나의 진귀한 장면이 연출되기 시작했다. 쌍둥이와 종규가 나란히 앉은 것이다. 한중 먹방 동시 촬영. 분위기는 좋았다. 하지만 음식의 양이 달랐다. 마치 작은 산성과 만리장성의 비교를 보는 것만 같았다. 쌍둥이들은 만한전석에서 남은 요리 전부를 쌓아놓았다. 정갈한 요리 몇 개를 준비한 종규와는 천지 차이의 볼륨과 비주얼이었다. 그러나 끝이 아니었다. 종규와 재희의 계절 음식 남은 것까지도 집어다 함께 쌓아 올리는 쌍둥이었다.

"그걸 다 먹나요?"

놀란 종규가 떠듬거리는 중국어로 물었다.

"중국 먹방은 한국과 다릅니다. 우리 쪽의 주제는 엄청난 먹성, 어마어마한 분량이거든요. 한국은 먹음직스럽게, 맛깔나게, 군침 돌게 먹는 법이 대세죠?"

곽베이가 답했다. 그는 양국 먹방의 핵심까지도 꿰뚫고 있었다.

"큐!"

동생이 사인을 보내자 형이 흡입신공에 돌입했다. 동생도 옆자리에 앉았다.

웍웍!

황소개구리 소리가 났다. 종규는 그 먹성에 압도되어 한참 동안 요리를 먹지 못했다. 중국 먹방의 진가가 나오고 있었다. 사실 중화권 유튜버들의 이름 중에 따웨이왕이 많다는 것으로도 암시가 되고 있었다. 따웨이왕은 대위왕(大胃王)으로 대식가를 뜻한다. 이들 먹방은 먹는 모습 자체의 강조가 드물다. 대신 닥치고 먹어주시는 경향이 강했다. 그들은 복스럽게, 맛나게 먹는 것보다, 먹는 모습 그 자체를 중시한다. 한국이 멋과 맛이라면 중국은 1회당의 흡입량과 총량이었다. 방대함과 웅장함을 강조하는 먹방인 것이다.

인간의 밥통으로는 차마 다 흡수하지 못할 것 같던 산더미의 요리들. 마치 썰물이 나가듯이 수위가 내려가기 시작했다.

그에 비하면 종규는……

화면에 요리를 보여주고, 요리의 특징을 설명하고, 맛을 본다. 어떻게 먹으면 더 맛이 있는지, 어떻게 먹으면 진미를 느낄 수 있는지, 무엇과 먹으면 시너지가 나는지에 몰두한다. 보는 사람으로 하여금 호기심을 당기게 하고 나도 먹고 싶다는 동기를 유발해 낸다. 화면은 요리의 개성과 특징을 잡아내고 그 맛을 느낀 순간의 종규가 강조된다.

쌍둥이는 종규의 분위기 따위는 아랑곳없었다. 화면의 관심은 오직 닥치고 음식의 양이고 음식 자체의 푸짐한 외관이었다.

"어어, 진짜 다 먹을 거 같은데?"

한때는 먹신으로 추앙받던 홍설아조차도 몸서리를 쳤다. 산더미 같던 요리가 바닥을 보이기 시작한 것이다.

"어휴."

남예슬은 그저 한숨뿐이다. 미국의 먹기 대회를 볼 때도 이 정도는 아니었다. 그러나 쌍둥이는 보란 듯이, 종규의 두견화전 한 줌을 쥐어 한입에 욱여넣었다. 그 볼이 미어터질 것 같음에도 토란단자 한 움큼과 납육까지 들어갔다. 한 입에 한 대접이었다.

우물우물!

오래 씹지도 않는다. 규아상 한 접시를 털어 넣는 것을 끝으로 쌍둥이의 먹방 촬영은 막을 내렸다.

"게우지도 않네?"

홍설아의 몸서리는 아직도 진행형이었다. 그녀 자신도 무리해서 먹었을 때가 많았다. 그럴 때면 촬영 종료와 더불어 화장실로 뛰었다. 그렇지 않으면, 누군가 배를 누르면 먹은 것이 인체의 모든 구멍을 통해 튀어나올 것 같기 때문이었다.

그러나 쌍둥이의 분투는 종규의 구독자 수에 미치지 못했다. 민규의 이름값 때문이었다. 쌍둥이의 걸신 강림은 어마어마했지만 민규의 아성까지는 넘보지 못한 것이다.

"승!"

그래도 민규의 선택은 쌍둥이였다. 둘의 손을 번쩍 들어주었다. 그 장면도 화면으로 나갔다. 그러자 구독자 수가 확 늘어났다.

"선생님도 오세요."

곽바오가 쩌우정을 끌었다. 곽베이는 종규와 재희를 끌었다. 여섯 셰프들이 카메라 앞에 섰다. 구독자 수는 더욱 급상

승 곡선을 그렸다.

"역시 이 셰프님을 찾아오길 잘했군요."

경연의 뒤처리가 진행되는 동안 쩌우정이 웃었다. 야외 테이블에는 민규와 쩌우정이 앉았다. 쑨차오와 이규태, 홍설아 등은 돌아간 후였다. 돌아가기 전, 쑨차오는 거푸 의아한 표정을 지었다. 그 또한 민규는 보지 못했다.

"선생님의 마음이 열린 까닭입니다. 쌍둥이 셰프는 쩌우정 셰프님의 뒤를 이를 거목이 될 것 같고요."

"이 사람이 그걸 노리고 그만한 재목이 되려나 확인받고 싶었는데 틀려 버렸습니다. 이 셰프님의 수하의 요리사들이 저리 막강한 줄 몰랐습니다."

"오늘이야 그냥 즐기는 자리 아니었습니까? 우리 종규와 재희는 아직 배울 것이 많습니다."

"그나저나 청와대 만찬 말입니다."

쩌우정이 본론을 화두에 올렸다.

"말씀하시죠."

"우리 주석께서는 제 마음대로 차리라고 하더군요. 셰프님 쪽은 어떠신지요? 혹 정부에서 다른 오더라도 들어왔습니까?"

"우리 대통령께서도 같은 생각이신 거 같습니다."

"그렇다면 이 셰프님은 어떤 요리를 내고 싶습니까? 제자도 잘못 키운 주제니 의견을 듣고 싶습니다."

"별말씀을 다 하십니다. 저는 오히려 선생님의 고견에 따

르고 싶습니다. 아무래도 정상들의 만찬 경험이 많으신 분이
니……."

"80년대까지는 경험이 중요했죠. 하지만 21세기에 경험이
대수입니까? 내가 가진 경험이 나도 모르는 사이에 정보가 되
어 공유되는 마당에……."

"……."

"실은 중국의 8대 진미를 주제로 만찬을 차릴까 생각했는데
오늘 셰프님 제자들의 요리를 보니 안일했다는 생각이 듭니
다. 너무 쉬운 길을 가려고 한 것 같아서요."

"……."

"아까 제철요리를 보니 노자의 무위자연이 떠오르더군요.
도는 채우는 게 아니라 날마다 덜어 내는 것이라 했죠. 덜고
또 덜어서 무위에 이르면 한 것이 없으면서도 하지 못하는 것
이 없다. 그런데 나는 나이 먹어서도 그저 보태려고만 하는구
나……."

"……."

"그래서 말인데요, 셰프님."

큼큼, 목청을 가다듬은 쩌우정이 시선을 들었다.

6. 노구老軀의 발악

"혹시 이윤이라는 중국요리사를 아십니까?"

이윤?

민규 눈빛이 멈췄다.

이윤.

모를 리 없다. 누구보다 잘 안다. 그런데 쩌우정이 왜 돌연 이윤을 거론하는 것일까?

"이윤은 중국요리사들에게는 조사로 숭배받는 사람입니다. 불교를 공부하는 스님들이 달마대사를 숭배하는 것과 다르지 않습니다."

"예……."

민규는 잠자코 귀를 기울였다.

"그분은 원래 천한 노비 출신이었죠. 그러다 요리사가 되었고, 재상이 되었고, 결국에는 주지육림에 빠진 삐뚤어진 왕의 중심조차 바로잡아 준 사람이었습니다. 현재는 물론 중국요리계의 전설이 되어 있지만요."

"……."

"셰프께서 궁중요리 전문가이니 하는 말이지만 이윤은 황제의 식사를 거들며 백성의 소리까지 전했다고 합니다."

"……."

"생각해 보십시오. 그때는 자칫 말 한마디면 목이 달아나는 시대였습니다. 아니죠. 본인의 목뿐이 아니라 삼대까지 멸족당할 수 있었죠. 그럼에도 이윤은 요리로 황제의 마음을 달랜 후에 백성의 목소리를 전했던 겁니다."

"……."

"제가 이런 말을 하는 건 어쩌면 이번 만찬이 국가 정상들의 만찬으로는, 저에게 마지막이 될 것도 같아서입니다."

"무슨 그런 말씀을……."

"아닙니다. 돌아보니 러시아 대통령부터 미국 대통령, 과거의 한국 대통령들까지… 손이 모자랄 정도로 불려 다녔습니다. 그사이에 세월은 저 홀로 깊어 최근에는 10여 년이 넘게 만찬 셰프의 초대를 받지 못했죠. 게다가 이제 이런저런 잔병에 기억력까지 말이 아닙니다."

"……"

잔병이란다.

있기는 했다. 그의 비장과 폐, 신장이 그랬다. 하지만 나이가 들면 오장은 조금 허덕이는 법. 혼탁의 기세가 낯설기는 하지만 심각한 질병은 아니므로 넘겨 버렸다.

"한편으로는 젊은이들 때문입니다. 요즘 젊은이들이 얼마나 패기에 넘칩니까? 제 제자들도 나름 쓸 만하지만 셰프님의 제자들도 그렇고, 나아가 셰프님 나이도……."

"뜨거운 요리가 필요하면 차가운 요리도 필요하니 음양의 조화입니다. 젊은이가 유리한 요리가 있고 관록이 필요한 요리가 있습니다. 전통요리가 특히 그렇지 않습니까? 그렇기에 선생님도 중국을 통틀어 붕어찜의 일인자가 되신 거고요."

"제 붕어찜은 셰프의 신기에 밀린 지 오래입니다."

"선생님……."

"잠시 옆길로 샜는데 제 말은… 어쩌면 마지막이 될지도 모를 이 만찬에서 이윤의 흉내라도 내볼까 싶어 의견을 드리는 겁니다."

"……?"

"그러니까… 이러면 어떨까요? 그저 화려하고 고급스러운 만찬을 여는 게 아니라 요리를 통해 정상의 마음을 여는 것. 겉치레나 형식을 떠나 무위자연을 닮은 요리로 양국 정상들이 진솔한 합의와 성과를 낼 수 있도록… 허울 좋은 의미로 포장해 내 정상회담의 눈요기나 하는 요리에서 실용적인 역할에의 참여 말입니다."

"마음을 여는 진솔한 요리 테이블 말이군요?"

"그렇습니다. 셰프님이라면 그런 능력에 더불어 소견도 있을 것 같은데……."

"이윤이라면 어땠을까요?"

민규가 짐짓 되물었다.

"이윤은 탕왕에게 시집가는 주인의 딸을 따라갈 때 솥을 둘러메고 갔습니다. 그 솥으로 어디서든 요리를 해댔죠. 그 소문이 탕왕에게까지 들어가 탕왕이 이윤의 요리를 먹게 됩니다. 그리고 첫 수저에 반하게 되지요. 후대의 과장일지 모르나 그런 각오까지도 되어 있습니다."

"그 솥으로 오리탕도 많이 만들었겠군요?"

"셰프께서도 이윤의 일생을 아시는군요?"

"예… 공부를 하다 보니……."

"이 늙은이의 생각이 잘못되었을까요?"

"아닙니다. 저도 미처 생각지 못한 부분들입니다."

"이 깨우침을 준 건 셰프님입니다."

"제가 무슨……."

"제자들의 요리 말입니다. 그 요리의 뿌리가 어디겠습니까?"

"정 그러시면 정상회담의 역사에 길이 남을 소박하고 검약한 건강 만찬을 궁리해 볼까요?"

"수락하시는 겁니까?"

"수락까지 할 주제는 아니고… 궁리는 해볼 테니 수락은 선생님께서 하시면 됩니다. 하지만 그 전에 주석께 미리 양해를 받아야 하지 않을까요? 그분이 선생님을 모셔 온 데는 바라는 요리가 있을 테이니……."

"그분은 제 요리라면 맹맹한 죽을 주어도 즐겁게 드실 분입니다. 염려치 않으셔도 됩니다."

"그렇다면 제가 한번 궁리를 해보겠습니다."

"짐을 드려 송구합니다. 하지만 좋은 결과가 나올 것으로 기대합니다. 모험이기는 하지만 세계 만찬사에 길이 남을 만찬이 될지도 모르지요."

쩌우정의 목소리는 지나치게 겸허했다. 처음 만났을 때의 인상도 나쁘지 않았던 쩌우정. 그렇기에 민규는 더욱 귀를 기울였다.

"그럼 우리 주석께 이대로 보고를 하겠습니다."

"식단을 짜기도 전에요?"

"무슨 차이가 있겠습니까? 셰프의 능력을 믿는 바에야……."

"그럼 그렇게 하시죠."

딱히 토를 달 수도 없는 말. 민규가 수락을 해버렸다. 어차피 메뉴 하나하나를 허락받을 일도 아니었다. 협의가 끝나자 쩌우정과 쌍둥이가 차에 올랐다.

"만찬 메뉴 얘기한 거야?"

모두가 떠난 후에 종규가 물었다. 재희도 귀를 쫑긋 세우고 들었다.

"일단 앉아라. 애썼으니 차라도 한 잔씩 마셔야지."

민규가 빈 의자를 권했다.

"지금 안 먹어도 배불러. 유티비가 또 난리 났거든."

종규의 시선은 핸드폰 화면에 꽂혀 있었다.

"만찬 얘기도 해야 하고."

민규 말이 이어지자 종규가 핸드폰을 거두었다. 일이 우선이라는 것. 종규도 모르지 않았다.

"억, 소탈한 수라상풍의 만찬?"

격려의 상으로 산양삼생강차를 받아 든 종규 목소리가 확 올라갔다.

"놀라긴, 다 너희들 탓인데?"

"우리가 뭘?"

"아까 그 요리 말이다. 쩌우정 셰프가 거기 뻑 간 모양이야."

"설마… 중국요리 대가 삼인방 중에서도 앞줄에 선 사람이……."

"아니면? 그분이 여기까지 와서 농담이나 할 사람이냐?"

"그건 아니지만……."

"어쨌든 너희들 생각은?"

민규가 종규와 재희를 번갈아 바라보았다.

"저는 참신한 아이디어 같아요. 정상들의 만찬이라고 맨날 푸짐하거나 유명한 요리만 나오라는 법은 없잖아요?"

"나도 한 표."

재희에 이어 종규도 손을 들어 보였다.

"그럼 그렇게 소탈한 건 뭘까?"

"그게 문제네?"

"이것들이… 너희들 아까 그 요리 우연히 만들고 잔머리로 꿰맞춰서 설명한 거야?"

"아니, 그건 아니야……."

"그런데 왜 버벅거려? 인간에게 꼭 필요하면서 소탈한 식재료. 오곡에 오과, 오채밖에 더 있어?"

"오육도 있기는 하지."

"오육은 제외."

민규가 잘라 말했다.

"왜?"

"나라가 어려울 때 왕들의 수라상은 어떻게 바뀌었지?"

"……!"

민규의 핀셋 질문에 종규와 재희의 낯빛이 변했다.

철선(撤膳)을 깜박했다. 가뭄이나 태풍 등으로 백성들 살림살이가 어려워지면 고기반찬을 수라상에서 제외하는 게 철선이다. 그보다 더 심한 경우는 각선(却膳)으로 아예 단식에 들어가 버린다.

중국의 주석을 초청한 이유도 경제 때문이었다. 표면적으로는 양국의 우호 강화에 있지만 속사정을 들여다보면 중국과의 협력 강화를 통해 하강 곡선을 그리는 경제의 터닝 포인트를 잡으려는 것. 그런 이유는 중국 쪽도 크게 다르지 않았다. 미국과의 무역 전쟁으로 한풀 꺾인 중국의 분위기. 그들의 경제 성장에는 한국의 역할이 필요했으니 속사정의 크기는 다르지만 동병상련이 아닐 수 없었다.

"사고 한번 쳐볼까?"

둘의 표정이 군자 민규가 빙그레 웃으며 오기를 자극했다.

"좋아. 뭐 못 할 거 없지."

종규는 동의.

"저도 찬성이에요."

재희도 당연히 동참을 선언했다.

오래지 않아 쩌우정의 전화가 왔다. 주석의 허락을 받았다는 것이다. 민규도 청와대에 전화를 걸어 쩌우정의 뜻과 중국 측의 상황 등을 알렸다. 민규의 설명을 들은 청와대는 흔쾌히 수락했다. 색다른 만찬이 기대가 된다는 말도 함께 날아왔다.

소박하고 검박한 만찬.

그러면서도 품위와 품격이 가득한 만찬.

단어는 머리에 그려지지만 앞뒤 말에 괴리가 생기는 건 어

쩔 수 없었다. 앞을 강조하면 뒤가 어렵고 뒤를 강조하면 만한
전석으로 돌아갈 판이었다.

주머니에 손을 찌를 때 뭔가가 잡혔다.

'아차.'

깜박 잊고 있었다. 남예슬의 메모를 받아 넣었던 것이다.

셰프님.

그녀의 글자가 메모 위에서 반짝거렸다. 남예슬의 필체는
좋았다. 동글동글 굴러가는 게 귀엽고 정감이 서렸다. 사람의
성격은 필체에도 드러난다더니 그래서 그녀의 성격이 온화한
걸까?

청와대 만찬을 맡게 되셨다고요? 보도를 보면서 얼마나 기뻤
는지 몰라요. 그러다 놀랐어요. 셰프님 일인데 내가 왜 흥분하는
걸까 하고요. 그건 아마 셰프님께서 제게 커다란 행운을 가져다
주셨기 때문에 그런지도 몰라요. 가끔은 생각해요. 셰프님을 만
나지 않았더라면…….

그랬다면 지금의 저는 이름 없는 케이블 TV의 프로그램 하나
를 맡아 전전긍긍하거나 그마저도 시청률이 나오지 않아 잘렸을
지도 모르겠지요. 그랬다면 지금처럼, 새벽이면 일어나 오늘 진
행할 방송을 생각하고 출연자들을 부각시킬 방법과 시청자들에

게 만족을 주기 위해 노력하는 시간은 영영 만나지 못했을지도 모릅니다.

지금은 일이 너무 행복하지만, 셰프님을 만나기 전만 해도 하루하루가 너무 힘들었거든요. 그렇다고 오늘에 만족하고 자만한다는 건 아니에요. 요리의 궁극 저 높은 곳에 서계시면서 날마다 새로운 역사를 이루고 새로운 요리를 위해 매진하는 셰프님의 모습이 제게는 늘 사표가 되어 채찍질을 하니까요.

어제는 셰프님 흉내를 냈답시고 새 계약금의 절반을 익명으로 기부하고 왔습니다. 전에 선행 연예인으로 뜨면 출연 제의가 올까 싶어서 보도 자료까지 내고 1천만 원을 기부한 적이 있었는데 지금 생각하니 얼굴이 다 화끈거립니다. 의도를 가진 선행이 무슨 선행일까요? 이렇듯 저는 셰프님에게 너무 많은 것을 배워가고 있습니다.

청와대 만찬, 또 한 번 셰프님의 요리 세계를 온 지구인에게 알릴 당연한 기회가 되리라 믿으며 짧은 인사를 전합니다. 셰프님은 꼭, 만찬요리의 새 역사를 쓰실 거예요.

남예슬.

남예슬.
마침표처럼 흘러간 그녀의 사인이 정다워 보였다. 청아하면서도 배려심으로 꽉 찬 그녀. 그렇기에 오늘도 별다른 내색 없이 요리만을 즐기다 돌아갔다. 민규 바쁜 줄을 알아 '차 한 잔 같이'의 뻔한 코스조차도 제의하지 않은 그녀의 마음이 예뻐 보였다.

[고마워요. 역사까지는 몰라도 두 정상의 마음에 요리의 획 하나는 그어놓겠습니다.]

간단히 문자를 보내고 일어서는데 전화가 들어왔다. 그녀일까 싶었는데 쑨차오였다.

"회장님."

민규가 반가이 응답을 했다.

"바쁘신 중에도 와주셔서 고맙습니다. 좋은 시간 되셨는지요?"

ㅡ무슨 말씀을… 요리가 너무 훌륭해 아버님 생각이 나서 목이 멜 지경이었습니다.

"저런……."

ㅡ제자들의 요리까지 감동이니 셰프님 요리의 심오함을 알 것 같습니다.

"제자라고 할 수도 없는 친구들입니다. 같이 커나가는 친구들이니까요."

ㅡ셰프님께서 그리 말할 줄 알았습니다.

"전화는 어쩐 일로?"

—인사지요. 한국에 오면 셰프님과 단출한 정담의 시간이라도 갖고 싶었는데 그걸 못 하고 돌아와서 말입니다.

"아직 일정이 끝난 건 아니지 않습니까?"

—그렇긴 하지만 주석을 수행하는 방한이라 주석께서 오시면 자유 시간이 마땅치 않을 것 같아서요. 그렇다고 셰프님 같은 대가에게 번개 예약을 할 수도 없고…….

"번개 예약권 1회 드리겠습니다. 언제든 전화만 하세요."

—그것 참 반가운 소리로군요. 예약권은 감사히 받겠습니다.

"언제든 기다리고 있겠습니다."

—그런데…….

통화하던 쑨차오의 목소리가 잠시 무거워졌다.

"무슨 애로가 있으십니까?"

—실은 제 애로가 아니라 셰프님 쪽입니다.

"저요?"

—이거 뭐라고 말씀을 드려야 할지 모르겠는데…….

"쩌우정 셰프님 일인 모양이군요."

주저하는 쑨차오에게 민규가 먼저 길을 내주었다. 이제 생각하니 쩌우정의 눈빛이 간간이 무거웠던 것.

"셰프님도 뭔가 눈치를 차린 겁니까?"

쑨차오가 반응을 보였다.

"회장님이야 제가 믿는 분이니 말씀드리는데 회장님이 먼저 돌아가신 후에 굉장한 제의를 해오셔서요."

─만찬에 대한 일이겠죠?

"맞습니다."

─저도 그 일 때문에 전화를 드렸는데… 우리 쩌우정 셰프… 원래는 믿을 만한 사람입니다. 제 부친과 가깝기에 오랜 시간 지켜보았거든요.

"제게도 매번 친절하고 알뜰해서 도움을 많이 받았습니다. 그런 차에 일부러 요리 대접까지 하러 와주셨으니 제게도, 제가 데리고 있는 친구들에게도 큰 도움이 되었고요."

─제가 드릴 말씀이 그 부분입니다.

'그 부분?'

─제가 독심술을 하는 건 아니니 장담까지는 못 하는데 요즘 들려오는 쩌우정 셰프의 일화들이 아름답지 못합니다. 최근 들어 급변했다고 할까요?

"……?"

─제 생각에는 쩌우정 셰프가 노욕에 사로잡힌 게 아닌가 싶습니다만…….

"노욕이라면?"

─그는 분명 중국요리의 한 시대를 풍미한 대가였죠. 하지만 흐르는 세월은 저희 부친도, 그도 잡을 수가 없습니다. 명예는 아름답지만 집착하면 빗나가기 쉽지요. 쩌우정 셰프의 최근 일화들이 그런 쪽입니다. 들리는 말에 의하면 만한전석

의 심사 위원장도 무리해서 따냈고 이번 방한의 만찬 셰프를 맡은 것도 그렇다고 들었습니다.

"회장님……."

─어쩌면 그는 이번 만찬을 기회로 흘러간 영화를 다시 찾고 싶어 하는 것 같습니다. 그 누구도 넘보지 못하던 절정기의 쩌우정, 요리 하나로 인민 영웅으로 추앙받던 그 모습 말입니다.

"무슨 뜻이신지……."

─자세한 전말은 모르겠지만 제 말은… 쩌우정 셰프가 이 셰프님을 희생양으로 삼아 부각을 노리는 것 같다는 겁니다.

도레미파'솔'…….

집중하던 민규의 의식이 거기서 톡, 불규칙 반응을 했다.

민규를 희생양?

*   *   *

"……!"

쑨차오가 보내온 자료를 본 민규가 넋을 놓았다. 최근 수개월, 쩌우정의 행보는 대가의 모습이 아니었다. 그 첫 번째는 쑨펑하이 그룹의 신사옥 준공일이었다. 축하연을 그에게 맡겼다. 쑨빙빙과 막역하므로 예산에는 제한을 두지 않았다.

귀빈들을 모시고 연회장에 들어선 쑨차오는 말을 잇지 못했다. 겨우 기력을 회복한 쑨빙빙도 마찬가지였다.

"어떻습니까?"

쩌우정은 의기양양했다. 연회장에 펼쳐진 것은 중국에서도 최고로 꼽는 8대 진미와 호화로운 식재료의 총동원이었다. 귀빈들 중에는 성장과 서기들도 많았고 중앙당 서기들도 있었다. 이날 쑨빙빙과 쑨차오는 따가운 눈총을 받았다.

그로부터 쩌우정의 무리수가 계속되었다. 댜오위타이에 특강을 나가는가 하면 방송의 요리 품평에도 얼굴을 디밀었다. 명목상의 고문으로 만족하던 만한전석 요리 대회의 실질 심사 위원장을 맡은 것도 그즈음이었다. 확실히 쑨빙빙의 붕어찜을 위해 만나던 때와는 달랐다.

"주석께서 반부패 정책을 펴면서 요리에도 같은 신념을 가졌다고……."

"주석이 반부패 정책을 펴는 건 맞지만 요리까지 제한한 적은 없습니다."

쑨차오와의 마지막 대화가 스쳐 갔다.

쩌우정의 말과 상극이 되는 구간이었다.

소박하고 검소한 식단으로 양국 정상회담에 기여하자는 제의.

떡밥인가?

머리가 어지럽다.

노욕…….

인간이 늙어서 만나면 안 된다는 두 가지…….

─치매와 노욕.

쩌우정은 그중 하나를 만난 걸까?

대륙을 풍미하던 명성의 쇠락을 견디지 못하는 건 이해할 수 있었다. 하지만 그걸 다시 누리려는 노욕이라면 심했다.

쌍둥이 제자를 데려와 만한전석을 만들 때가 스쳐 갔다. 그때 쩌우정은 몹시 친절하고 겸허했다. 그러나 말을 빌리면 계략이다. 민규의 환심을 사서 의심을 녹여 버리고 자신의 궁리를 집행하려는 천박한 계략.

어쩐다?

흐르는 강물을 바라보지만 주사위는 이미 던져진 셈이었다. 중국 주석이 오케이를 내렸고 청와대도 그렇게 정리가 되었다. 쩌우정의 속내야 알 수 없지만 이제 와서 요리의 주제를 바꾸기는 어렵게 된 것이다.

소박하고 검박한 만찬은 나쁜 아이디어가 아니었다.

그렇다면 거기 감춰진 쩌우정의 속셈…….

무엇일까?

어쩌면 중국 최고의 소박한 식재료라도 구해 온 걸까?

먹으면 신선이라도 되는?

아니면…….

약선요리의 지평을 개척해 가는 민규의 약선을 누를 비기를 익힌 걸까?

젠장!

강물에 번뇌를 띄워 보냈다.

직진!

쩌우정의 속셈이 뭐든 상관없었다. 그가 민규를 누르고 부각되기를 원한다면 맞서주면 그만이었다. 우정 어린 부각은 얼마든지 허용하지만 불손한 부각은 절대 허용할 생각이 없는 민규. 노셰프의 속셈 따위에 쫄아서 허둥거릴 생각은 없었다.

또 하나의 왕의 만찬.

이번에는 두 왕, 전생 이윤의 중국 왕과 전생 권필의 왕의 경우를 동시에 체험하는 게 아닌가?

주석이 도착하기 3일 전, 민규와 쩌우정은 청와대에서 만났다. 만찬장과 주방, 동선을 확인해야 하는 까닭이었다. 청와대는 처음이지만 만찬 때문에 온 기분은 달랐다. 중국어를 하는 직원이 나와 주방을 두루 소개했다.

청와대 만찬에는 여러 종류가 있다. 그저 밥 한 끼 먹는 것도 만찬이고 격식을 갖춘 경우도 만찬이었다. 더러는 사회 각계각층의 사람들을 불러다 격려의 식사를 내기도 하는데 이 또한 만찬이 될 수 있었다.

열두 명.

만찬에 참여하는 국빈들의 숫자가 나왔다. 대통령과 주석 부부에 장관급 두 명, 그리고 양국을 대표하는 기업가 여섯 명을 위한 자리로 결정이 되었다.

"원래는 메뉴 구성에 대한 보고를 받아야 하는데 이번 만찬은 셰프님들 재량에 맡기기로 했다는 통보를 받았습니다. 메뉴 구성은 당일 오전 중으로 통보해 주시면 되겠습니다."

직원이 말했다. 민규와 쩌우정의 합의는 완전히 공인된 상태였다. 직원은 만찬장과 자리 배치, 의전 등에 대한 사항을 알려주었다. 주방은 독립된 두 칸으로 준비하겠다고 했다. 민규가 한 칸이고 쩌우정이 한 칸이었다. 그들의 준비도 나무랄 데 없었다.

방문을 끝내기 전에 영부인의 호출을 받았다. 후밍위안도 있었다.

"쩌우정 셰프님."

후밍위안이 쩌우정을 반가이 맞았다. 쩌우정 역시 기꺼운 표정이었다.

"전에 하오펑 셰프께서 오셨다 가신 얘기 들었죠?"

그녀가 물었다.

"그럼요. 여기 이 셰프에게 대오 각성을 하고 왔다고 하더군요."

"그날 요리들이 아직도 오감에 남아 있어요. 하지만 이번에는 더욱 기대가 되네요."

"영광된 자리이니 최선을 다하겠습니다."

"그래 주세요. 리 여사님께서도 무척 기대를 하고 있더라고
요. 아침에도 통화를 했거든요."

"실망시켜 드리지 않겠습니다."

리 여사는 주석의 부인. 쩌우정의 미소는 여전히 온화했다.

"부탁해요."

영부인은 긴말하지 않았다. 절대 신뢰를 보내고 있는 민규
였다. 상대가 중국요리의 역사라 해도 영부인은 걱정하지 않
았다.

"이 셰프님."

주차장 앞에서 쩌우정이 다가왔다.

"예."

"큰 그림 마련하느라 수고 많았습니다."

쩌우정이 웃었다. 민규가 보내준 요리의 주제에 대한 답례
였다.

─육류 없는 만찬.

─소박한 자연식 만찬.

민규가 정한 대주제였다. 간단히 말하면 오곡과 오채, 오과
로써 차리는 만찬이었다. 필요한 경우에는 각자 준비한 특별
한 곡류나 채소 등을 쓰기로 했다. 중국과 한국의 토종이 다
르기 때문이었다. 어쨌든 결론은 곡류와 채소, 견과만으로 차

려내는 만찬.

자료를 받은 쩌우정은 바로 답을 보내왔었다. 그의 답은 '절대 공감'이었다.

"몹시 흥분이 되는군요. 가장 소박한 재료로 차리는 만찬이라니……."

"저도 기대가 큽니다. 선생님의 자연요리는 어떤 게 나올지……."

"아무튼 잘해봅시다. 양국의 정상들이 대자연의 숨결 앞에 호연지기가 되어 마음을 터놓고 우호를 도모할 수 있도록 말입니다."

"예."

대답하며 그의 체질창을 읽었다. 여전히 비장과 신장, 그리고 폐였다. 거기 생소한 혼탁이 있었다. 조금 더 살펴보려는 순간, 중국 수행원이 차량의 문을 열었다.

"그럼 3일 후에 봅시다."

쏸차오가 차 안으로 들어갔다. 그가 먼저 멀어졌다.

속셈…….

그의 미소에서는 그런 게 엿보이지 않았다. 여전히 소탈했으며 지나칠 정도로 공손했다.

'쏸차오 회장의 기우인가?'

고개를 갸웃하며 랜드로버에 올랐다.

이로부터 3일간, 민규는 전장에 서게 되었다. 만찬의 메뉴를 선정하는 것도 전장이지만 그보다는 식재료 때문이었다.

ㅡ청와대 만찬에 쓰인 식재료.

업자들이 노리는 건 그것이었다. 만찬에 고기 한 점이라도 올라가면 엄청난 홍보가 될 수 있었다. 요리는 민규가 하는데 그들이 목숨을 건다.

"제발 써주기만 하세요."

그들의 합창은 토씨 하나 틀리지 않았다. 물건을 써주면 몇 달간 무료로 대준다는 딜도 나왔다.

민규의 답은 당연히 No였다.

더 난감한 건 식재료를 몰래 두고 가는 사람들이었다. 경찰에 신고한 것만 세 차례였으니 그 신경전이란… 심지어는 신성수와 해로운 약수의 배합으로 혼쭐을 내준 업자도 있었다. 이런저런 에피소드와 함께 만찬의 날이 코앞으로 다가왔다.

제왕과 제왕의 만찬.

영국 여왕의 만찬과는 또 달랐다. 여왕의 만찬은 그저 장수의 기원이자 건강한 미식의 향연이면 되었다. 그러나 정상회담에는 서로의 목적이 있었다.

"……"

민규는 두 장의 사진을 보고 있었다. 중국 주석과 그의 부인이었다.

'주석은 木형, 부인은 金형……'

금극목(金克木)이니 체질은 상극이었다. 상극이니 나쁜 궁합일까? 민규 생각은 반대였다. 한 나라의 지도자에게 오히려 어울릴 수 있었다. 상극이면 가치관도 다를 수 있다. 지도자가 보지 못하는 걸 볼 수 있다. 자극이 되고 견제가 된다. 심하면 스트레스가 되겠지만 어느 정도 수위를 유지한다면 최상의 궁합이 되는 것이다.

체질은 참고로만 삼았다. 정상들의 만찬은 미식보다 의미가 중시되는 까닭이었다.

거 더럽게 맛없네.

…가 팩트라고 해도 입 밖으로 낼 수 없는 게 정상들의 만찬이었다.

요리의 주제는 이미 정해두었다.

허심탄회와 꽉 찬 결실.

그 상징에 가까운 요리를 만들 생각이었다. 속을 열어 보이는 석류와 무화과, 만두, 으름, 알밤 등은 최고 품질로 준비를 마쳤다.

마지막으로 곡류와 견과류를 체크했다. 잣과 호두, 은행, 연밥, 앵두, 마, 고욤, 죽력 등등이 그것이었다. 특별히 신경을 쓴 건 죽실이었다. 죽실은 대나무 열매. 구하기 힘들었지만 황창동의 도움이 컸다.

마무리를 앞두고 다시 한번 정리에 들어갔다.

팔도의 유명했던 요리들을 먼저 짚었다.

개성 식혜, 광주 효종갱, 양평의 목두채, 강원도의 백자영, 충북의 제천순, 충남의 행채, 전북의 연강전과, 전남의 죽력고, 경북의 석류청… 황해도의 해주교반과 율병까지 짚으며 빼먹은 것이 없나 체크를 했다.

'찬 기운의 식재료들……'

녹두, 메밀, 참깨, 고사리, 오이, 가지, 배, 참외…….

'따뜻한 기운의 식재료들……'

보리, 후추, 마늘, 쑥, 부추, 인삼, 연근, 배추, 밤, 사과…….

'중간은……'

쌀, 팥, 당근, 미나리, 매실, 자두, 표고버섯…….

식재료를 체크하다 보니 진상품들이 생각났다. 그때라면… 중국의 황제가 온다면… 8도에서 최고의 진상품을 받아 올렸을지도 모른다.

"형!"

다른 식재료를 정리하던 종규가 다가왔다.

"다 했냐?"

"다 해가는데 사고가 났어."

"사고?"

"잠깐만."

종규가 민규를 끌었다. 뒷마당이었다. 장독대 앞에 앉은 할머니가 보였다. 눈물을 찔끔거리며 웃고 있었다. 그러고 보니 재희도 같은 표정이었다.

"뭐야? 독버섯이라도 먹은 거야?"

민규가 종규를 바라보았다.

"독버섯은 아니고 목장말똥버섯."

"그걸 먹었단 말이야?"

"표고버섯에 딸려 왔는데 재희랑 내기를 거는 바람에……."

"웃는가 안 웃는가?"

"응……."

종규가 고개를 떨구었다.

목장말똥버섯은 사일로시빈이라는 독소를 가지고 있어서 신경계를 자극한다. 먹으면 웃음이 나오는 경우가 있어 웃음 버섯으로도 불린다.

"제정신이냐? 그거 잘못 먹으면 큰일 나는 거 몰라?"

"형한테 듣기는 했는데 내가 자료 찾아보니까 일본 버섯 학자 말이 웃고 떠들고 놀다가 잠드는 정도라고 해서 조금 만……."

"너는?"

"나도 먹으려고 했는데 이모하고 재희가 먼저 저렇게 되는 바람에……."

"애들이 정말……."

바로 역류수를 소환해 주었다. 토하는 데 특효인 역류수. 그걸 마신 재희와 할머니가 웩웩 목장말똥버섯을 게워놓았다.

"마통차 이야기를 하다가……."

종규는 풀이 제대로 죽었다. 호기심이 불러온 웃지 못할 해프닝이었다.

목장말똥버섯.

아직 남았다. 야생에서 채취한 버섯이 올 때는 더러 '잡버섯'이 따라올 때가 있었다. 어쨌든 신기하기는 했다. 사람에게 웃음을 주는 버섯. 민규의 34가지 초자연수에도 없는 기능이었다.

이른 오후, 마침내 중국 주석이 서울 공항에 내렸다. 방송은 온통 그의 방한에 관한 이야기뿐이었다. 오후 손님을 끝으로 예약을 끝낸 민규는 만찬의 순서를 복기했다.

"이 셰프."

차만술이 마당으로 들어섰다. 그의 품에 건배주 상자가 안겨 있었다.

"포장까지 끝났군요?"

"한번 맛볼 테야?"

차만술이 맛보기로 가져온 술을 따라놓았다. 은은한 향이 기가 막혔으니 굳이 여덟 판별법을 동원하지 않아도 명주가 분명했다.

"도문대작 있잖아? 거기 보면 태상주가 최고라고 나오는데 사실은 자주(煮酒) 맛이 더 좋지. 이게 바로 자주인데 최고의 명주에 호두와 심신 산골의 밀납을 넣고 정성껏 중탕을 했어.

원방에는 후추가 나오는데 그건 슬쩍 간만 봤고……."

"좋네요. 입에 착 감기는데요?"

맛을 본 민규가 웃었다.

"정말?"

"수고하셨습니다. 이건 얼마나 청구해 드릴까요?"

"가격 말이야? 에이, 그게 뭐가 중요해? 돈은 안 줘도 좋아."

"사장님."

"…라고 말하면 프로 의식 없다고 퇴짜 놓으려고 그랬지?
솔직히 최상급으로 만들었으니 병당 100만 원만 청구해 줘."

"100은 너무 거저고 300 청구해 드리겠습니다."

"고마워."

"고맙긴요? 제가 보기엔 병당 500 받아도 문제없겠는데요."

"준비는 다 끝났어? 내가 도와줄 건?"

"술 한 모금 마셨더니 기분이 업이네요. 딱 요긴한데요?"

"그나저나 듣자니 양아치 진상 업자들 때문에 애 좀 먹었다
며?"

"그거까지 아세요?"

"어허, 내가 초빛에 CCTV 달아둔 거 몰라? 부처님 손바닥
안이라고."

"그런 사람들 있잖아요? 약삭빠르게 끼어들어 한 번에 뜨려
는 사람……."

"또 오면 나한테 말하라고. 그냥 아작을 내줄 테니까."

"다음에는 차 사장님 가게로 가야죠."

"우리 가게?"

"차 사장님도 언제 청와대 만찬 한번 하셔야죠."

"으악, 그런 꿈같은 이야기를……."

"건배주가 시작입니다. 언젠가 한국의 민속전에 관심 있는 국가원수가 올 테니 그때는 차 사장님 차례가 되는 겁니다."

"허, 하여간 말을 해도 사람 기분 좋게……."

다랑다라랑!

대화하는 사이에 전화가 들어왔다. 박세가였다.

—이 셰프, 바쁘지?

"선생님……."

—중국 주석이 도착했더라고. 기분 어때?

박세가가 물었다. 주석은 러시아 순방을 마치고 돌아가는 길에 들어왔다. 그렇다고 해도 이례적이었다. 대통령의 임기가 몇 개월 남지 않은 까닭이었다. 대통령의 임기 말에 초청한 중국 주석. 일반적으로는 성사되기 어려운 일이다. 그러나 현 대통령의 의지가 강했다. 그의 임기에 일어난 한중의 첨예한 현안을 정리해 후임자에게 부담을 주지 않으려는 것. 뒷모습이 아름다운 대통령으로 남기 위한 노력의 결과였다고 한다.

박세가는 민규의 내정을 미리 알고 있었다. 만찬 셰프의 물망에 오르면 주변 조사를 한다. 박세가에게도 의견 타진이 왔다. 영부인의 추천이므로 형식적이지만 그렇다고 해도 무시할 수 없다. 주변에서 부적절 멘트가 많아지면 셰프는 교체가 된다. 신뢰가 없는 셰프에게 정상의 만찬을 맡길 수 없기 때문이었다.

"정신이 없네요. 잘할 수 있을지 모르겠습니다."

―겸손하기는… 영국 여왕의 만찬까지 극찬을 받은 사람이…….

"원로분들에게 송구하기도 하고요."

―원로 따위는 신경 쓸 것 없네. 누가 뭐라고 하면 나한테 말하게나. 다른 건 몰라도 이 셰프 방패는 되어줄 수 있으니.

"말씀만 들어도 고맙습니다."

―전에 나도 정상 만찬에 몇 번 관여한 적이 있네만 자네라면 훌륭하게 해낼 걸세. 맛에 더불어 의미까지 말이야.

"그러려고 노력하고 있습니다."

―영부인께 듣자니 소박하고 검소한 자연 식단으로 중심을 잡았다고?

"예… 요즘 호화스럽고 사치스러운 요리가 중점이다 보니 그게 오히려 나을 것 같아서요."

―그 말 듣는 순간 자네 요리가 왜 특별한지 알겠더군. 나라면 그저 중국 주석의 입맛에 맞는 최고급요리를 구상하느라 바빴을 텐데… 그게 모양도 나고 만들기도 쉽거든.

"한편으로는 걱정도 됩니다."

―밀어붙이게. 그런 만찬 펼칠 수 있는 사람도 이 셰프뿐이

야. 누가 아나? 세계 정상들의 만찬이 다 이 셰프식으로 따라올지.

"그 격려에 기대서 열심히 하겠습니다."

─그럼 애쓰시게나. 오늘은 짧게 끝내는 게 자네 도와주는 거 같으니…….

박세가가 전화를 끊었다.

"박세가 선생?"

차만술이 물었다.

"예. 잘하고 오라고요."

"으아, 그 양반도 우리 이 셰프 앞에서는 쩔쩔매는구나. 하긴 그때 오지게 당하긴 했지."

"이분은 당해서 그러는 게 아니라 진심으로 마음을 돌리신 겁니다."

"알아. 나도 그런 사람 중의 하나잖아?"

차만술이 가슴을 두드렸다.

차만술이 돌아가자 마무리 회의를 열었다. 할머니도 참가를 했다.

"요리의 주제는 허심탄회와 결실, 연출 방향은 '무에서 유의 창조'로 이름 붙였다."

민규가 전체적으로 요리의 맥을 짚어주었다.

"허심탄회, 마음을 열고 대하자?"

종규는 말뜻을 알았다.

"그래. 양국 정상들이 심심해서 반주 마시려고 만나겠냐? 오는 사람도, 초대한 사람도 머릿속에는 이익이나 전리품으로 가득한 게 정상회담이란다."

민규가 웃었다. 그건 권필의 경험이었다. 중국 사신들이 그랬고 일본 사신들이 그랬다. 북쪽에서 오는 이민족의 사신도 마찬가지였다. 명분은 친선이다. 그러나 그 안에는 서로의 첨예한 계산법으로 추구하는 기브 앤 테이크가 있었다.

"이거 봐라."

민규가 손을 내밀었다. 그 손에 들린 건 초록 은행알이었다. 작은 실뭉치 위에 놓았다.

"감 좀 오냐?"

"구슬이 서 말이라도 꿰어야 보배."

이번에는 재희가 빨랐다.

"맞았다. 그게 바로 정상회담의 성과겠지. 마음이 열리면 어려운 현안도 조금씩 양보하지 않을까?"

"그렇겠네요."

"동시에 실속이 있어야겠지. 속이 꽉 찬 이것들처럼."

민규 손이 석류를 잡았다. 속살이 삐져나올 듯 익은 석류였다.

"첫 요리는 꼬마 돌배 배숙으로 간다. 배의 단아한 황색은 대지를 상징하는 土. 먹거리의 모든 것은 땅에서 비롯되었음을 알리는 창조의 시작을 암시하는 요리로 삼는다."

거기 들어가는 연근은 암수 중에서 수놈 연근. 암놈은 통통하지만 쫀득하고 수놈은 아삭한 편이니 식감을 살리기에 최적이었다.

"창조를 위한 씨를 뿌리니 오곡으로 만든 요리가 그 뒤를 잇는다. 그러나 소탈하고 검박함을 지향하니 남에서 올라온 야생초씨앗을 주재료로 삼을 거다."

"……."

재희와 종규는 숨을 죽였다.

"다음은 수확이다. 수확의 오곡과 견과는 토실하고 속이 꽉 찬 것이 좋으니 알곡과 석류, 무화과, 밤, 잣, 땅콩, 호두 등을 이용해 땅 위와 아래의 조화를 이루도록 할 거다."

"……."

"수확의 첫 감상은 메추리알밥. 한 숟가락 분량의 죽실밥에 메추리 노른자 하나를 올리고 풋콩떡갈비를 곁들여 감칠맛을 폭발시킨다."

"어, 동물성은 금하기로 한 거 아니야?"

종규가 고개를 들었다.

"사찰요리 방법을 쓰면 되지."

찡긋 윙크를 날린 민규가 뒷말을 이었다.

"후속타로는 야생초씨앗과 오곡 고물을 넣어 만든 약선대추알, 양국의 상징색을 해초소로 넣은 투명만두, 완두콩을 매치한 연근튀김, 마를 이용한 약선소면, 궁중우엉전, 약선보리수단, 그리고 비장과 심장에 활력을 줄 스페셜요리는······."

잠시 뜸을 들인 민규가 뒷말을 이었다.

"보리수를 품은 고구마 석류, 톡 터지는 순간 황금 알갱이를 쏟아내는 호두구이가 될 거고······."

"······."

"만찬의 성공 기원은 혜경궁 홍씨의 환갑연 때 나온 각색병을 응용한 고임떡으로 간다. 대개는 미리 의논했던 것들이니 다 알겠지?"

"네."

재희와 종규가 대답했다.

"재희는 야생초씨앗을 추리고 연근튀김 담당, 종규는 보리수단에 배연근고 재료 준비를 맡는다."

"예!"

"만찬 전체를 관통하는 주제가 뭐라고?"

"소박과 검약이요."

"좋아. 그러니 요리만큼이나 플레이팅이 중요하게 되었다. 화려한 멋은 지양하고 소박한 식재료의 분위기를 살리는 쪽으로 접시에 담도록."

"네."

"머리에 그림이 그려지나?"

"네."

"그럼 준비물들 마무리 확인에, 정리까지 마치고 일찍 쉬어

라. 내일은 새벽부터 일어나야 할 테니까."

민규가 파장을 알렸다.

이른 새벽, 초빛은 벌써 불을 밝혔다. 떡쌀과 야생초씨앗 등의 식재료는 미리 물에 불려야 했고 식재료도 운반 상태로 다시 담아야 했다. 그 새벽부터 차만술이 내려와 도움을 주었다.

간단한 신분 확인을 거쳐 청와대에 도착했다. 쩌우정 일행은 민규보다 먼저 와 있었다.

"선생님!"

"어이쿠, 우리 이 셰프님도 오셨군?"

"준비는 어떠세요?"

"우리는 문제없습니다. 이 셰프님은요?"

"저희도요, 아, 건배주가 왔는데 냄새라도 좀 맡아보시겠어요?"

"아닙니다. 어련하시려고요."

"그럼 선생님 요리를 기대합니다."

"저도요."

이쪽도 간단한 인사로 끝을 보았다. 오후 7시로 맞춰진 만찬 시간. 서두를 건 없지만 그렇다고 여유가 있는 편도 아니었다.

오전에 영부인이 잠시 다녀갔다.

"저 아침부터 굶었어요. 얼마나 기대하는지 아시죠?"

그녀의 격려는 달콤했다. 알뜰하게도 재희와 종규, 할머니까지 챙겨주었다.

오후 1시.

만찬 담당 비서관에게 요리 목록을 건네주었다. 쩌우정의 주방으로 갔던 그가 잠시 후에 다시 돌아왔다. 그들의 목록을 받아 든 비서관이 고개를 갸웃거렸다.

"셰프님."

"문제가 있나요?"

식재료를 손질하던 민규가 물었다.

"그게 아니라 오늘 만찬… 자연주의 식단으로 검소하고 소박하게 차린다고 하지 않았나요?"

"그랬죠. 메뉴도 그렇게 적어드렸을 텐데요?"

"셰프님 메뉴는 그렇지만 중국 측 메뉴가……."

비서관이 중국 측의 만찬용 메뉴 용지를 건네주었다. 그걸 본 순간, 민규 머리에 뇌성벽력이 내리꽂혔다.

'이, 이…….'

쩌우정이 제출했다는 중국 측의 메뉴… 거기 적힌 요리들은…….

"……!"

황당했다. 쩌우정이 제출한 요리 목록과 재료들은 호화의 극치를 달리고 있었다.

샥스핀.

동충하초.

각종 육류와 해산물 일체.

제비집수프.

낙타혹요리.

사슴꼬리요리.

백송로, 흑송로요리.

펑좌(鳳爪).

오룡해삼.

심지어는 롱쉬미엔(龍鬚面)에 불도장까지…….

쾅!

새삼스러운 충격파가 스쳐 갔다. 그래도 혹시나 하던 기대
는 물거품. 쑨차오의 조언이 퍼즐처럼 들어맞는 순간이었다.

"말도 안 돼. 육류는 물론이고 호화로운 재료는 쓰기 않기
로 했잖아?"

종규가 핏대를 올렸다.

"셰프님."

상황을 읽은 재희는 금세 울상이 되었다. 이렇게 되면 굉장
한 문제가 될 수 있었다.

소박미를 살린 자연주의 식단과 초호화판 식재료의 총동원
식단.

정상의 만찬은 비밀도 아니니 전 세계로 퍼져 나갈 것이다.

그렇게 되면 중국 측은 요리에서부터 대국의 우월한 이미지를 심고 들어간다. 민규의 요리가 절정의 약선요리라도 마찬가지였다. 약선은 먹은 사람만이 느끼는 것. 영상이나 사진으로 보는 사람에게는 좋은 평을 받기 어려웠다. 더구나, 정상회담에 참가하는 사람들이 민규의 소박한 자연주의 요리를 먹어줄지도 의문이 될 판이었다.

대통령도 그랬다. 손님을 초대한 주인의 입장이다. 호화로운 중국의 산해진미가 나오면 주석의 권유를 거부할 수 없었다. 뷔페식도 아니고 함께 세팅하기로 한 테이블이기에 더욱 그럴 소지가 많았다.

"······."

민규의 시선은 쩌우정의 주방 쪽에 있었다. 냄새가 왔다. 육류와 그 육수 냄새가 진하게 풍겨오고 있었다. 비서관에게 제출된 요리 목록과 식재료는 착각이 아니었다.

"잠깐만요."

민규가 쩌우정의 주방 쪽으로 걸었다.

"아, 진짜······."

종규가 치를 떨었다. 재희의 얼굴도 열이 치솟기는 당근에 못지않았다.

"어, 이 셰프님."

요리에 집중하던 쩌우정이 민규를 돌아보았다. 그가 만지는 것은 돌기가 토실한 해삼. 중국 내에서도 최상급으로 쳐주는 특산품이었다.

"아, 이거 말이군요?"

민규의 눈치를 알아챈 쩌우정이 멋쩍게 웃었다. 그의 미소는 전과 달리 냉소적이었다.

"어떻게 된 거죠?"

"아, 이걸 이 셰프에게 통보한다는 게… 갑자기 계획이 변경되는 통에 나도 정신이 없어서 말이죠."

"어떻게 된 거냐고 물었습니다."

민규의 눈빛도 더는 우호적이지 않았다.

"그게 주석께서 돌연 한 말씀을 하셔서 말입니다. 소박한 것도 좋지만 대국의 체통이 있지 않겠냐? 우리가 손님으로 왔지만 대국의 입장이니 한턱내는 입장으로 베푸는 게 좋겠다……."

"지난번에는 그런 분위기가 아니라고 했습니다."

"물론 그랬죠. 문제는 어제와 오늘 아침 한국 호텔에서의 식사 때문인 것 같았습니다."

"호텔 식사라고요?"

"한국 최고의 호텔에서 식사를 했는데 도무지 마음에 안 들어 하셨습니다. 그러다 보니 요리는 아무래도 우리 중국이 세계 최강이니 만찬에서는 한 상 제대로 차려주자 싶은 생각이 들었던 거죠. 이미 합의가 끝났다고 말씀드렸지만 주석님의 의지가 강건하니 어쩌겠습니까? 그쪽에도 아까 통보를 하였기에 이 셰프님도 아는 것으로 알았습니다만."

"선생님."

"그때부터 우리도 비상사태였습니다. 갑자기 식재료를 바꾸게 되니 할 일이 산더미입니다. 그건 이 셰프께서 잘 아시지 않습니까? 우리 같은 요리사가 뭘 어쩌겠습니까? 주석께서 원하시는 데야… 게다가… 한국 측에 나쁠 일도 아니고……."

주석의 오더.

기막힌 이유가 나왔다.

주석께서 진짜 그러셨나요?

감히 확인할 수 없는 일이었다.

"애당초 예정된 일은 아니고요?"

민규가 돌직구를 날렸다. 이렇게 된 이상 예의고 배려고 따질 기분이 아니었다.

"그건 제 인격 모독에 결부되는 말씀 같습니다만……."

"이 냄새는 불도장이군요. 선생님 말대로라면 조금 전부터 시작되었을 요리인데 이미 어젯밤부터 끓이고 있는 냄새입니다. 제 말이 틀렸습니까?"

"……!"

민규의 칼날 지적에 쩌우정이 흔들렸다. 여덟 판별력의 민규였다. 방금 끓기 시작하는 불도장과 어제부터 끓인 불도장을 모를 리 없었다.

"오해입니다. 내가 달리 중국요리의 대가라는 소리를 듣겠습니까? 산동요리 노채, 사천요리 천채, 강소요리 소채, 절강요리 절채, 광동요리 월채에 호남요리 향채, 복건요리 민채, 안휘요리 휘채까지 중국 8진미 요리에 두루 통달하니 미안하지만 불도장 정도는 2~3시간에 완성할 수 있습니다만."

쩌우징이 반격을 했다. 가능성이 있는 말이었다. 노욕을 품은 늙은 요리사의 미소는 야릇하기까지 했으니 승기를 잡은 전사의 모습이었다.

"실망이군요. 당신의 의견을 허심탄회하게 받아들였건만. 결국 나를 묶어놓기 위한 계략이었군요."

"미안하지만 지금은 지나간 감정에 휘둘릴 시간이 없습니다. 이제 우리가 해야 할 일은 두 정상께서 만족하는 만찬을 만드는 일입니다. 세계 어느 정상회담의 만찬에도 빠지지 않는… 그래서 한국과 중국의 정상이 더욱 돋보이는……."

"급히 준비한 것치고는 재료가 기막히군요. 제비집도 그렇고 송로버섯도……."

"뭐 이렇게 된 이상 이 셰프의 메뉴도 알아서 하세요. 여긴 당신 안방이고 한국도 나름 자랑하는 식재료가 있지 않습니까? 김치에 불고기, 송이버섯과 산삼 같은… 우리 중국의 진귀한 특삼품에 비하면 별것 아니긴 하지만……."

"제 말뜻은 그게 아닙니다."

"그럼 뭐라는 거죠?"

"요리의 궁극은 요리사의 마음에 있는 거지 식재료의 호화로움에 있지 않다는 겁니다. 중국요리의 대가시기에 당연히 깨우친 줄 알았더니 그게 아니었군요. 아니면 헛된 명예욕에 사로잡혀 시야가 흐려졌든지."

"이봐요, 이 셰프. 그건 진실의 한 조각일 뿐입니다. 셰프는 변한 환경에 맞출 줄도 알아야 합니다."

"진실의 한 조각?"

"영국에서 저명한 리처드 버튼의 말이지요."

"진실은 수만 조각. 사람들은 자신의 작은 조각이 전체인 줄 안다네?"

"아는군요."

"어쨌든 당신이 요리의 진실이다?"

"요는 만찬의 만족도 아니겠습니까?"

"중요하죠. 하지만 이것 한 가지만은 알아두기 바랍니다. 진실에 앞서 당신의 헛된 명예욕이 당신의 무덤을 파고 있다는 거 말입니다."

"뭐라고요?"

쩌우정이 발끈하자 옆에 있던 비서관이 둘을 말렸다. 여기는 청와대 주방. 양국을 대표하는 셰프들이 불상사라도 일으키면 웃음거리가 될 판이었다.

"이봐, 이 셰프."

돌아서는 민규를 쩌우정이 불렀다. 민규가 걸음을 멈췄다.

"아직 젊은 친구가 감각으로 만들어낸 요리로 대우를 받으니 보이는 게 없나 본데, 만찬의 기회를 만들어준 게 누구인가? 천재적인 감각으로 만드는 요리는 절정기가 짧다네. 공연히 경거망동하지 말고 나 같은 대가와 함께 정상의 만찬을 차리게 된 걸 영광으로 알게나. 자넨 어쨌든 잃을 게 없는 일이니."

"쩌우정."

민규가 고개를 돌렸다. 바위처럼 묵직한 음성이었다.

"지는 해는 누구도 멈출 수 없어. 그럼에도 당신은 그대로 지기가 싫었어. 그 헛된 번민과 욕망 때문에 비장과 폐, 신장이 차례로 상해 노욕의 덫이 깊어진 거야. 이번 만찬, 당신이 처음 제시한 대로 소박하고 검소한 자연주의 만찬으로 성공을 했더라면 내가 그 오장을 고쳐줄 약선요리를 해줄 수도 있었는데… 기막힌 기회를 걷어찬 건 당신 쪽이야."

"미친……."

"누가 미쳤는지 두고 보자고. 만찬은 아직 시작도 하지 않았으니."

민규가 말을 맺었다. 나직하지만 흔들림 없는 목소리. 그 위엄에 질린 쩌우정이었으니 관록과 대국의 힘으로도 찍어 누르지 못했다.

"셰프님, 문제가 되는 겁니까?"

뒤따라온 비서관이 민규를 불렀다.

"아뇨. 문제없습니다."

"하지만 중국 측 요리가……."

"통보가 온 건 확실합니까?"

"그게 방금 체크했더니 고작 한 시간 전에 저쪽 의전 담당자가… 우리 쪽 의전 비서관께서 연락을 받았지만 정신이 없는 터라 아직 알리지 못했답니다."

"알리기는 알렸군요."

"만찬은요? 셰프님은 이 메뉴대로 진행이 되는 겁니까?"

"당연하죠. 중국 측 셰프가 술수를 썼다고 우리까지 동조하면 웃음거리가 되지 않겠습니까?"

"하지만 이렇게 되면……."

비서관이 이마의 땀을 훔쳤다. 그도 요리의 '요' 자는 아는 사람이었다. 민규와 쩌우정의 메뉴. 대충 그림을 보아도 상대가 되지 않았다.

"걱정 마십시오. 작아서 아름다운 것도 있는 법이니까요."

민규가 웃었다. 도발이다. 더구나 의도된 도발. 그러나 기꺼이 즐겨줄 용의가 있었다. 쩌우정이 동원한 초호화 식재료들. 그러나 민규에게는 그것보다 더 막강한 아이템이 있었다.

"괜찮을까요?"

민규가 멀어지자 쌍둥이 중의 형인 곽베이가 물었다.

"안 괜찮으면?"

쩌우정의 입가에는 미소가 가시지 않았다. 여기는 한국 땅,

그중에서도 최고 권력자의 베이스인 청와대. 그러나 그는 중국 주석의 전속 셰프였다. 속마음으로는 한국 따위, 안중에도 없었다.

쑨차오가 본 눈은 정확했다. 그런데 미묘했다. 쩌우정의 노욕, 그 출발이 민규였던 것이다. 그는 사실 2선으로 물러나 있었다. 현역 요리사이긴 했지만 큰 건을 제외하고는 거의 손님을 치르지 않았다. 큰 건은 쑨빙빙 같은 거물과 공산당의 권력자들의 경우였다. 그들을 위한 특별 연회나 요리는 부르는 게 값이었다. 혹은 요리값 외에 다른 선물을 받기도 했으니 직계나 방계 혈육의 민원에 관한 것이었다. 그래도 그때까지는, 쩌우정은 크게 일탈하지 않았다.

그러다 민규를 만났다. 붕어찜은 신묘했다. 그때 과거를 돌아보았다. 그 자신, 천재 요리사로 부각되며 전 중국요리 대회를 휩쓸던 젊은 날, 중국 땅도 좁아 프랑스와 미국, 일본의 요리계까지도 들었다 놨다 하며 세계 미식의 지존으로 떠올랐던⋯⋯.

그 시대의 영광에 미련이라는 기름을 부은 건 하오펑이었다. 쩌우정과 왕이밍을 제외하면 중국요리의 차세대로 불리던 하오펑. 그가 민규에게 완패를 당하고 돌아오자 중국요리계가 술렁거린 것이다.

요리도 한국.

중국의 수치.

두 가지 반응이 나왔다. 그러자 많은 사람들이 쩌우정을 거론하기 시작했다. 왕이밍은 지병으로 초야에 묻혔으니 쩌우정의 신화가 총대를 멘 셈이었다.

민규와 쩌우정이 붙으면?

일부 중진 요리사들은 노골적으로 가상 대결까지 그렸다.

안 될 거 같은데?

안 되긴? 절정기의 쩌우정 실력을 몰라서 그러나?

이 의견은 둘로 갈려 쩌우정의 귀에 들어갔다. 슬슬 육체의 쇠퇴기로 접어들며 주변의 무시를 받던 쩌우정. 죽지 않았다는 것을 보여주고 싶었다. 민규의 붕어찜이 신묘하기는 했지만 천하의 요리를 섭렵한 쩌우정이었다. 한번 상상을 하자 노욕이 활화산처럼 불타올랐다.

이제는 100세 시대.

중국에는 90이 넘어서도 자기 분야에서 청년 못지않게 활동하는 사람이 많았다. 쩌우정의 생각은 현실로 갈피를 드러냈다. 다행히 그에게는 그만한 업적이 있었다. 주석과 만나는 것도 불가능하지 않았으니 주석 역시 그의 노련함을 높이 사 만찬을 맡겨주었다.

쩌우정의 계산은 착착 맞아떨어졌다. 한국에서 추앙받으며 중국에서도 그 명성이 솔솔 피어오르는 희대의 약선요리사. 공개 석상에서 그의 요리를 누르면 '역시 쩌우정'으로 불릴 일이었다. 노욕에 눈먼 쩌우정에게 과정 따위는 안중에도 없었다.

중국 8대 진미.

원래는 그 요리를 내고 싶었다. 재료를 구하는 것도 문제가 아니었다. 그러나 내려놓았다. 정상들의 만찬이니 부작용을 고려한 것. 그렇기에 비난을 피해 갈 수 있는 항목만 포함하고 다른 호화요리로 대체한 쩌우정이었다.

민규가 구상한 자연주의 요리.

그런 것쯤은 초호와 식재료로도 기분을 낼 수 있었다. 광동 월채의 특징이 무엇인가? 그 맛은 청량하고 바삭한 식감에 신선미가 깃든 특색이 있었다. 안휘 휘채는 담백하고 순박하며 자연의 맛을 살린다. 거기에 홍남 향채의 특징인 식재료의 내재적 미식과 외형의 아름다움을 살리면 소박미와 세련미에 더불어 이목을 집중하는 효과까지 낼 수 있었다.

불도장.

기막힌 냄새를 풍기며 끓었다. 불도장에 첨가된 건 중국 최고의 명주로 불리는 양하대곡이었다. 양하대곡은 건륭황제가 극찬하던 술. 주석도 때늦은 마니아였으니 그의 취향을 저격하는 선택이었다.

소스 오미는 살짝 매콤한 쪽으로 가닥을 잡았다. 이는 최근 주석의 입맛이었다. 술도 원래는 우량예를 좋아했던 주석, 수삼 년 전부터 기호가 바뀌었다. 주석궁의 수석 요리사 또한 쩌우정의 제자라 할 수 있었으니 정보를 빼내는 건 일도 아니었다.

해삼요리 포스도 엄청났다. 불려놓은 흑해삼과 홍해삼은 돌기가 생물보다 더 또렷했다. 그 배를 갈라, 가루로 낸 해마와 동충하초를 새우 생살에 비벼 넣었다. 바다의 신물 해마와 동충하초. 그걸 해삼 안에 가뒀으니 진미의 핵폭탄이 될 요리였다. 그 소스는 말린 관자와 각종 해산물, 샬롯에 마늘, 고추를 넣었으니 해삼 속의 진미와 함께 절정의 맛이 될 판이었다.

다음은 중국이 자랑하는 만두였다. 그 또한 쩌우정의 장기가 아닐 수 없었다. 만두는 검은 송로버섯과 흰 송로버섯이 들어가는 두 가지 소를 구상했다. 소에는 청정 오리살을 넣고 반죽에는 푸아그라 못지않게 고소한 말린 간가루를 섞어놓았다. 검은 송로버섯은 흰 만두피를, 흰 송로버섯은 검은 만두피를 씌워놓으니 그 또한 의미심장한 요리가 되었다.

모든 요리는 3저 1고에 기본을 맞췄다. 3저는 저당분, 저염분, 저지방을 추구하고 1고는 고단백을 추구한다. 이는 댜오위타오의 기준이었으니 중국 최고의 자부심을 드러내는 방법이기도 했다.

그다음에 그가 꺼내놓은 식재료가 또 압권이었다.

펑좌(鳳爪)가 나온 것이다.

펑좌.

봉황의 발이다. 중국인들의 닭발 사랑은 유난하다. 그렇기에 그들은 닭발을 펑좌, 즉 봉황의 발로 부른다. 그런데… 그

닭발은 여느 닭발과 달랐다. 닭발 하나가 두툼한 핫도그보다 두꺼웠으니 바로 용의 발로 불리는 동타오라는 닭의 발이었다.

주석과 한국의 대통령이 만났으니 봉황들의 만남, 특별한 닭발로 특별한 의미를 부여하는 쩌우정이었다.

'이민규 셰프……'

씨익!

제대로 완성되어 가는 불도장 앞에서 쩌우정이 음산하게 웃었다.

'이 불도장 요리가 신경이 쓰이던가?'

쩌우정의 음산함은 풍후해지는 항아리 속 맛 덩어리처럼 점점 더 깊어갔다.

'미안하지만 이 불도장의 쓰임새는 따로 있다네. 자네 같은 애송이가 알 턱이 없지.'

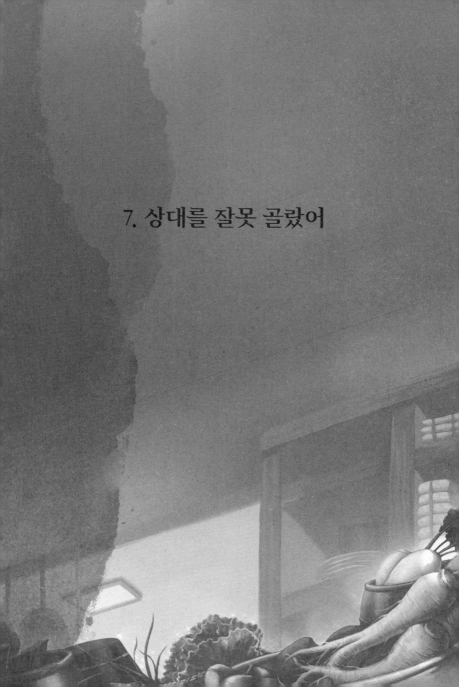

7. 상대를 잘못 골랐어

　꼬마 돌배.

　여리게 노란 색깔이 푸근했다. 남해 바닷가에서 청량한 해풍을 맞으며 자랐다. 크기는 자두만 하지만 성분의 활성이 좋았다. 배숙에 생강을 넣으면 기관지에 최고다. 배연근고 또한 나이 든 사람과 소아에게 유용하다. 달달하고 푸근해 맛도 좋다.

　뚜껑을 잘랐다. 돌배라 서걱서걱하는 느낌까지 왔다. 정성껏 속을 파냈다. 다시 과육을 발라 약간의 연근 과육을 더해 빈 속에 넣었다. 그런 다음 접시 하나를 당겨놓았다.

　—죽력, 대나무즙, 죽근, 죽실.

접시에는 네 가지 재료가 담겨 있었다. 식재료이자 약선 재료였다.

'흐음.'

시향을 하듯 냄새를 맡았다. 냄새를 맡을 때 코가 재료에 닿으면 안 된다. 향수의 시향과 마찬가지다. 시향 종이를 코에 붙이면 자연스러운 향을 맡기 어렵다. 더구나 식재료는, 오염까지 될 수 있었다. 사람의 몸은 세균덩어리. 불편한 진실이었다.

숲의 속삭임이 들리는 듯 상큼했다. 이른 아침 숲의 향을 가득 머금은 샘물의 느낌이랄까? 네 가지 다 민규를 만족시킬 정도였다.

쩌우정.

그를 떠올렸다. 중국 주방의 육류 냄새는 민규 코까지 밀려왔다. 어쩌나 진국인지 종규와 재희가 핏대를 올린다. 민규가 둘에게 차를 내밀었다. 그걸 마신 둘의 입가에 미소가 붙었다.

"형?"

종규 눈이 휘둥그레졌다. 차의 정체를 아는 것이다.

"목장말똥버섯이다. 표고에 한쪽이 남았더라? 잠깐 웃을 분량만 썼으니 신나게 웃고 요리하자. 우리 요리를 하기도 바쁜 판에 남의 요리에 웬 신경?"

민규가 찡긋 윙크를 날렸다.

"하하핫!"

종규와 재희는 말귀를 알아들었다. 말똥버섯차에 기대, 민규의 바람에 기대, 한 번 크게 웃어주고 요리에 임했다.

다시 돌배를 보았다. 배의 황색은 오방색의 중심인 土를 나타내니 창조의 시작으로 맞춤한 식재료였다. 흰 과육 또한 신령하다. 흰색은 불멸의 상징. 무엇보다 배는 중심이 잡힌 과일이었다. 속심이 딱딱하고 떫은맛이 나 먹을 수 없다. 심지가 곧으니 변치 않는 절개로 불렸다.

돌배 안은 대나무 식재료로 채웠다. 그 첫째는 죽력이었다. 약한 불로 열을 가해 얻어낸 맑은 즙이 죽력이다. 배의 겉모양처럼 맑은 황색이다. 좋은 죽력은 번민을 그치게 한다.

두 번째 주자는 죽실이었다. 대나무 열매는 귀하다. 죽실은 밀과 같지만 차지기가 율무를 닮았고 맛은 수수에 가깝다. 그 맛 또한 꿀보다 좋아 장노년기의 사람들에게 유익했다. 죽실은 가슴과 폐를 청량하게 만든다.

쏴아아쏴아!

대나무 바람이 분다.

대나무 숲에서 머금은 자연의 기를 사람의 오장에 펼쳐주는 것이다. 그리하여 가슴을 시원하고 하고 몸을 가볍게 만든다. 결국 신명과도 통하니 죽실은 봉황새가 먹는다는 말까지 나오는 것이다. 화룡점정으로 쓴 건 대나무즙이었다. 생강즙 한 방울도 잊지 않는다. 최고의 궁합이기 때문이었다.

대나무즙을 마시면 인간은 신선이 된다. 가슴을 열어 번민을 없애고 신명과 통하게 하는 것. 두 정상의 마음을 열기 위한 첫걸음이었으니 대나무로 촘촘히 세운 약선의 만리장성이었다.

주석을 위한 묘방 돌배는 따로 챙겼다. 재료들 중에서도 으뜸가는 것으로 골랐다. 그 한 알 한 방울을 체질에 맞춰 배합했다. 절대 임계점 돌파를 위한 구성이었다.

'목형 체질……'

특별히 유자청과 땅콩가루가 더해졌다. 맛과 효과에 더불어 기호까지 잡는 것이다. 입 위에 입은 있지 않다. 신분으로 식재료에 차별을 두지 않는 민규였지만 오늘만은 달랐다.

톡!

배합 초자연수 한 방울을 흘려 넣었다.

상지수+정화수+요수.

신묘한 기운을 올리는 육수에 쓰던 묘방. 처음부터 밀어붙였다.

딱 한 방.

'한 방으로 정리해 주마.'

눈빛이 이글거렸다.

중탕의 물 또한 상지수와 마비탕. 헛된 노욕에 물든 쩌우정에게 요리의 도를 가르치려는 결연함이 엿보였으니 요리의 큰 물결이 시작되었다. 그 과정은 장엄한 서사시였다. 몸이 알아서 움직였고 그 움직임은 식재료들과 완벽한 일체를 이루었다. 하나의 과정, 하나의 순서마다 깃든 위엄. 틀리려 해도 틀릴 수가 없었다. 마음이 기억하고 몸이 반응하니 요리의 도가 강림한 것이다. 이윤의 권능, 권필의 존엄, 정진도의 품격… 매 요리의 과정마다 그들의 일체가 녹아들었다.

무아지경.

혼연일체.

두 번째 요리에 돌입할 때 민규는 이미 요리와 하나였다. 식재료와의 교감이 극한에 달한 것.

야생초씨앗들 역시 초자연수에 담가 불렸다. 씨앗 알곡을 담은 접시 옆에는 냉이와 광대나물을 올린 접시가 붙어 왔다.

—마름, 똑새풀씨앗, 강아지풀, 지부자, 보리쌀.

씨앗은 세 가지였다. 마름은 미각을 위해 더했고 보리쌀 대맥은 주방에서 즉석 추가 되었다. 주석의 입맛을 위한 저격용이었다. 대맥은 밀과 함께 심은 보리로 몸을 보하는 데 첫손에 꼽힌다. 그러나 여기서는 주석의 체질인 木형의 기호에 중점을 두었다. 다른 것은 날것이지만 대맥만은 푸근하게 쪄두었다. 대맥은 찬 성질이라 설익으면 사람을 상하게 할 수 있었다.

씨앗들이 익으면 무릇조청에 버무린 고욤청을 깔고 데친 냉이와 광대나물을 한 장씩 깐 후에 올라갈 것이다. 오밀조밀 뭉친 것들은 모두 대맥과 같은 분량, 대략 두 숟가락 정도지만 그 의미는 적지 않았다.

우선 고욤이었다. 고욤은 새끼 감으로 불린다. 감 또한 신령하다. 과일 중에서 감처럼 오색을 갖춘 것은 흔치 않았다. 그 나무가 검으니 흑이오, 잎이 푸르니 청, 열매가 익으면 적, 노란 꽃을 피우니 황, 곶감을 만들면 흰가루를 내니 백이다. 황적청흑백의 오방색을 두루 갖춘 것이다.

이 감의 축소판인 고욤은 소박하고 검소한 자연주의 식단에 딱이었다. 우선 크기부터 소박하다. 기껏해야 엄지손톱만하다. 그러나 작은 고추가 강하다. 군천자(君遷子)로 불리는 고욤은 소갈을 그치고 사람을 윤택하게 한다. 나아가 마음을 진정시키고 안색을 좋게 만들며 몸을 가볍고 튼튼하게 하니 컨디션에 활력을 줄 수 있었다.

한 장 깔린 냉이는 눈을 밝게 하고 광대나물은 아련한 매화 향을 풍겨준다. 둘 다 어느 들에나 널린 풀들이었으니 오늘의 주제를 살릴 만한 선택이었다.

작지만 강한 건 고욤만이 아니었다. 지부자나 똑새풀씨앗, 강아지풀씨앗의 크기는 깨알만 하거나 그보다도 작다. 그러나 맛과 개성은 여느 곡류에 뒤지지 않는다. 똑새풀씨앗은 입안에서 톡톡 터지며 생동의 즐거움을 준다. 맛 또한 참깨 못지 않게 고소하다. 이 또한 주석의 체질에 맞았다. 댑싸리씨앗인 지부자는 상큼한 인삼 향이 나니 요리의 품격을 더한다. 마름 또한 맛이라면 둘째가기 서럽다. 잘게 쪼아 삶아놓으면 담백하면서도 아련한 감미가 입에 오래 남는다. 이 맛들을 상승시켜 주는 것이 무릇조청이었다. 무릇조청은 아린 듯 단맛이 난다. 장노년기에 취약한 심포와 삼초를 강화시켜 준다. 무엇보다 중독성까지 있었으니 한번 맛보면 손을 멈출 수 없는 유혹이었다.

다음은 풋콩떡갈비와 메추리알밥이었다. 열중하던 재희가 슬쩍 민규를 돌아보았다. 떡갈비와 메추리알 때문이었다. 준비된 재료들 중에는 분명, 그런 것이 없었다.

'두부와 밀……'

재희는 민규의 생각을 예상했다. 사찰에서 흔히 쓰는 방법이었다. 두부나 콩의 단백질을 이용해 고기 분위기를 내는 것이다.

재희의 예측은 적중했다. 하지만 민규는 거기에 두 개의 재료를 더했다. 바로 참마와 잣이었다.

'아……'

재희 입에서 탄식이 나왔다. 마를 갈면 끈적끈적한 액체가 생긴다. 그 끈적함을 부드러운 찰기로 이용하려는 것. 거기에 잣을 갈아 넣으면 고소함이 폭발한다. 두부와 마의 매칭으로 소고기떡갈비 못지않은 육질에 풍미를 살리는 것이다.

두부는 노릇하게 구웠다. 그런 다음에 으깬 밀과 참마를 넣고 반죽을 했다. 별 모양을 잡아 참기름으로 구워내고 마지막에 씨간장소스를 입혔다. 그 위에 잘 구워낸 풋콩 조각과 잣

가루를 뿌리니…….

꿀꺽!

재희 침이 저절로 넘어갔다.

꿀꺽!

민규도 군침을 넘겼다. 재희의 군침은 식감 때문이지만 민규의 그것은 의미 때문이었다. 두부떡갈비 위에 올린 풋콩 조각들…….

초록의 풋콩.

그 또한 별 모양으로 조각한 민규.

씨간장 옷을 입은 떡갈비 위에서 청량한 색감을 냈다. 보기에도 탁월한 선택이지만 민규의 의도는 의미에 있었다. 정상들은 아직 합의나 결과를 발표하지 않았다. 저녁 만찬 후의 독대에서 그 결과가 나올 일. 그렇기에 아직 익지 않은 풋콩을 소재로 올린 것이다. 더불어 독대에서의 알찬 결과를 긍정적으로 그리고 있었으니 설익은 식재료임에도 비타민 C의 보고인 것이 그랬고 간이나 신장의 손상도 막아주는 알뜰한 효과가 그랬다.

플레이팅을 위해 접시 바닥에 그림을 그렸다. 위쪽 라인은 해당화즙을 섞은 소스로 붉은 느낌을 냈고 아래쪽 반원은 푸른빛이 돌았다. 태극 문양이었다. 그 끝을 길게 늘여 별 모양의 다섯 떡갈비를 올려놓으니 양국의 협력을 국기의 상징으로 펼쳐놓은 것이다.

메추리알은 밤의 노란 속살을 갈아 만들었다. 그걸 동그랗게 뭉쳐 죽실밥 위에 올렸다. 이 밥 역시 한 숟가락 분량. 씨간장 두 방울에 참기름 한 방울을 올리고 통깨 다섯 알과 시금초 한 조각을 올려 마무리를 했다. 시금초는 '수영'으로 새콤한 맛이 난다. 새콤하면서도 고소한 맛의 폭발. 이 역시 주석을 위한 저격용이었다.

모든 사람의 체질을 중시하는 민규.

오늘은 전체가 아니라 주석에게 올인이다. 나머지는 기본만을 반영하고 있었다.

주석!

중국의 대통령이다. 그러나 중국의 대통령은 한국보다 집중된 권력을 가지고 있었다. 민주주의 시스템이 아니니 그 아래의 누구도 주석의 심기를 거슬리게 하기 어려웠다. 과장되게 말하자면, 주석이 그렇다면 그런 것이다.

그렇다고 주석만 먹을 수 있는 맛은 물론 아니었다. 그건 하류 셰프의 행태다. 요리의 맛은 최상이되 주석에게 더 특화시키는 것이다.

그리고……

'이건 보험용.'

민규 시선에 들어온 건 구운 고구마와 보리수, 호두가루와 무릇이었다. 그 옆에 딸린 건 금박 코팅을 위한 식용금박, 해당화꽃물에 더한 치자물. 그걸 보는 민규의 머릿속에는 주석의 부인 얼굴이 찰랑거렸다.

"중국 주석께서 도착했습니다."

입구의 직원이 통보를 해왔다. 창으로 가서 주석을 확인했다. 공항에 내리는 모습을 방송으로 보았던 민규. 그래도 현장 확인을 게을리하지 않았다.

木형 체질.

허벅지 이하 하체 허약.

스트레스로 인한 머리 혼탁.

노령화로 인한 호흡기 불편.

리딩 된 자료는 민규 머리에 차곡차곡 쌓였다.

쪼르륵!

초자연수를 준비했다. 다행히 생수 준비는 주최 측의 몫. 쩌우정이 끼어들 수 없는 것이었다. 하지만 그 또한 민규의 생각일 뿐이었다.

"찻물은 중국 쪽에서 내기로 했다고 합니다."

직원은 민규가 주는 초자연수를 받지 않았다.

"……?"

"중국 주석의 권유라고 합니다. 중국 쪽에서 준비한 귀한 차가 있다고… 해서 대통령께서 수락을 하셨습니다."

"알겠습니다."

민규가 웃었다. 어쩌면 당연한 일이기도 했다. 어차피 판을

옆을 생각의 쩌우졍이었다면 거기까지 준비했을 일.

'찻물쯤은 양보하지.'

어차피 승부는 만찬에서 결정될 일이었다. 그러는 사이에 만찬 시간이 가까워졌다.

지직지직.

자글자글.

보글보글.

요리가 절정을 향해 달려갔다. 중국 쪽 주방의 냄새도 더 진해지기 시작했다. 사슴꼬리가 익고 샥스핀이 끓고 해삼과 송로버섯이 완성되어 가는 것이다. 주방 담당 직원들은 그쪽을 기웃거렸다. 진한 맛향 때문이었다. 그건 정말이지 고문에 가까웠다. 민규네야 요리에 집중하느라 잘 모르고 있지만 일반 직원들에게는 참을 수 없는 고통과도 같았다.

좋아.

더 맛나게 하라고.

당신의 모든 것을 담아서…….

요리하는 민규는 담담할 뿐이었다.

"……!"

민규 뒤에는 재희와 종규의 시선이 있었다. 그 눈동자에는 모종의 불안이 숨어 있었다. 둘은 민규를 믿었다. 하지만 이 게임은 불손한 동시에 불공정했다. 자연주의 식재료의 의미는 아름답지만 초호화 식재료의 비주얼을 당해내긴 어려웠다. 게

다가 풍후한 맛까지 곁들인다면 승부의 추는 어림없이 기울어
진다. 생각만으로도 소름이 돋았다. 자칫하면 민규가 개망신
을 당하는 것이다. 둘의 영웅 민규가…….

그런데…….

민규의 표정에는 전혀 그런 기색이 없었다. 투지와 열정을
끌어올리는 게 아니라 오히려 비웠다. 재희의 시선이 문득, 댑
싸리씨앗과 똑새풀씨앗, 민물김에 닿았다. 소박하고 담담하다.
고욤과 돌배, 으름과 보리수 등도 그랬다. 그것들은 있는 듯
없는 듯 목가적. 여기 있어도 그만, 저기 있어도 그만이었다.
그제야 알았다. 민규, 어느새 식재료들의 맛과 향을 닮아버렸
다는 것.

'아아…….'

재희는 손에 들었던 돌배를 놓치고 말았다. 민규는 식재료
와 하나가 되어버린 것이다. 혼연일체가 되어 요리의 한 부분
이 된 민규였다.

"셰프님."

만찬 시간이 가까워지자 담당 비서관이 들어섰다. 장식을
오려내던 민규가 고개를 들었다.

"시간이 다 되어갑니다. 준비하시죠."

"알겠습니다."

민규가 답했다.

"재희?"

옆을 돌아보았다.

"끝났습니다, 셰프."

"종규!"

"준비 완료."

종규도 답했다.

"좋아. 그럼 세팅에 들어간다."

민규가 전면전의 시작을 알렸다.

하르르!

작은 향로에서 신산한 김이 피어올랐다. 재희의 눈에도 종규의 눈에도 보이지 않았다. 그걸 보는 건 오직 민규뿐. 정체는 바로 육천기를 변경한 요수의 향이었다.

육천기!

언제든 쓰고 싶은 매력을 지닌 초자연수. 단숨에 기를 올리고 신선의 기분을 느끼게 하니 그보다 좋을 게 없었다. 문제는 식욕을 잊게 만든다는 것. 그렇기에 육천기의 비율을 낮추고 요수의 비율을 높였다. 이렇게 하면 기를 올리는 파워는 조금 떨어지지만 식욕은 일부 올릴 수 있었다.

"잠깐!"

향료를 놓는 순간 쩌우정이 다가왔다.

"뭔가?"

그가 물었다. 경계심이 번득이는 눈빛이었다.

"수분을 조절하는 장식입니다만."

"확인해도 되겠나?"

"내가 왜 당신의 확인을 받아야 합니까?"

민규는 거부 의사를 분명히 했다.

"잊었나? 이 만찬은 자네와 내가 공동으로 책임지고 있다는 것?"

"당신이야말로 잊었군요. 그렇다고 해도 주관 책임은 내가 진다는 것."

"뭐라고?"

"이 만찬은 한국 측이 주최하는 만찬입니다. 아닙니까? 아니라면 당신 마음대로 해도 좋습니다."

"……!"

쩌우정이 흠칫거렸다. 반론의 여지가 없는 말이었다. 만찬 자체는 같이 차리기로 했다지만 주최는 엄연히 한국이었다. 그렇다면 한국을 대표하는 민규가 주도권을 갖는 게 옳았다.

"우리 주석의 안위가 달린 일일세."

쩌우정이 저열한 이유를 대고 나왔다.

"당신은 정상들의 만찬에 상대방을 해할 궁리를 합니까? 나는 상상도 못 한 일입니다만……."

"가끔은 눈이 뒤집힌 친구도 있는 법이니까."

"셰프님."

민규와 쩌우정의 신경전이 길어지자 직원이 중재에 나섰다.

"정 그렇다면 확인하시죠."

민규가 향로를 쩌우정 코 가까이 대주었다.

"독이라도 들었습니까? 당신네 주석의 정신을 흐리게 만드는?"

"크흠."

쩌우정이 주춤거리자 향료를 내려놓았다. 향로는 오직 하나였으니 양국 정상들 앞에 놓았다. 물은 일반 생수로 세팅했다. 쩌우정의 요리가 저렇다 보니 요수를 놓는다는 건 그를 돕는 요소가 될 수 있었다.

드르륵!

달달탈!

요리들이 들어오기 시작했다. 요리의 세팅 또한 신경전이 되었다. 원래는 민규와 쩌우정의 자연주의 요리가 사이좋게 이웃하기로 했던 일. 그러나 쩌우정의 요리가 초호화판으로 바뀌면서 없던 일이 되어버리고 말았다. 더구나 쩌우정의 요리들은 접시부터 크기가 압도적이었다. 뚜껑을 덮었지만 양으로도 압도하려는 의도가 엿보였다.

"먼저 하시죠."

민규가 테이블을 가리켰다.

"……?"

뜻밖의 양보에 쩌우정이 고개를 들었다. 쌍둥이도 마찬가지였다. 테이블은 일자 배열로 주석과 대통령이 나란히 앉고 그 양편으로 각각 4명의 측근들, 맞은편에 영부인과 주석의 부인이 앉는 구도였다. 그러니 먼저 세팅하는 쪽이 유리한 건 당연한 일. 그걸 양보하니 뜨악해지는 쩌우정이었다.

"아니면 내가 먼저 할까요?"

"아, 아닐세. 손님 대접을 해주니 고맙군."

서늘하게 응수한 쩌우정이 카트를 밀었다. 좋은 기회를 놓칠 그가 아니었다.

"셰프님……"

종규는 못마땅한 표정이었다. 판을 깬 건 쩌우정이었다. 그렇다면 주최 측으로서의 권리를 누리는 게 마땅했다. 그런데 선공을 양보하고 있으니…….

하지만 민규 생각은 달랐다. 마음이 조급해진 쩌우정. 의자가 가까운 테이블 바깥 라인에 맞출 것이 분명했다. 그건 세팅의 정석이었다. 민규의 노림수는 시선이었다. 인간이 편안하게 바라볼 수 있는 시선의 거리. 그건 코앞이 아니었다. 푸짐한 요리라면 더욱 그랬다. 지나친 풍미와 볼륨감은 시각을 피곤하게 만들기 때문이었다.

"끝났네."

접시들을 세팅한 쩌우정이 만족스럽게 웃었다. 식기 또한 호화의 극치였다. 황금빛 색채와 청색이 사치스레 어우러진 식기에는 하나같이 용이 그려져 있었다. 중국의 주석에게 보내는 아부이자 충성이었다.

민규는 그제야 움직였다. 카트의 요리들이 테이블 위에 자리를 잡기 시작했다. 민규의 접시는 볼륨이 낮았다. 식기도 질박하기 그지없었다.

'보나 마나 밀 쭉정이나 들풀들, 야생 따위나 이용했겠지.'

쩌우정은 내심 쾌재를 불렀다. 식기는 물론이고 요리에서 새어 나온 풍미도 그의 것이 압도적이었다. 그에 비해 민규 요리는 식기도 풍미는 크게 튀지 않았다.

'역시 애송이일 뿐…….'

쩌우정의 입꼬리는 한없이 올라갔다.

저녁 7시.

마침내 중국 방한단이 모습을 드러냈다. 각자 역할에 따른 회담을 하다가 모인 것이다. 대통령과 영부인은 주석 부부 옆에 있었다. 주석의 얼굴은 그리 부드럽지 않았다. 실무 회담이든 뭐든 마음에 들지 않았다는 반증이었다.

"워어, 떨리네……."

민규 옆의 종규가 나지막이 중얼거렸다.

"나도……."

재희 목소리도 안정적이지 않았다.

"마음 편하게 먹어라. 여기도 알고 보면 우리 홈그라운드야."

민규가 팩트를 주지시켰다.

"하지만 셰프님……."

"편안하게. 셰프의 얼굴이 곧 요리의 자신감이거든. 저기 쩌우정 안 보이냐? 표정부터 꿀리고 들어갈래?"

민규 말이 이어졌다. 쩌우정을 돌아본 종규, 그제야 표정을 고쳤다.

늙은 여우 앞에서 구린 표정을 보이기는 싫었던 것.

"어서 오십시오."

민규와 쩌우정이 공손히 귀빈을 맞았다.

'응?'

고개를 들던 민규가 소스라쳤다. 만찬에 참석하는 중국 측 귀빈 때문이었다. 쑨차오의 뒤를 이어 들어서는 청년 사업가 한 사람… 그는 분명 낯이 익은 얼굴이었다.

"어, 리민규 셰프?"

사업가도 민규를 알아보았다. 그였다. 영국 버킹엄궁전. 거기서 민규가 구해준 거구의 중국인 청년. 알고 보니 주석의 먼 친척이자 중국 최고의 AI 개발자이며 사업가인 왕치등……

"두 사람이 아는 사이?"

주석이 왕치등에게 물었다.

"그분입니다. 영국에서 제 목숨을 구해주신……"

"오, 그래요? 그것 참 기연이군요."

주석이 놀라움을 금치 못했다. 민규도 모르고 왕치등도 모르게 만난 자리. 기연이라고 아니할 수 없었으니 쑨차오도 의

외라는 표정을 지었다. 대신 쩌우정의 인상은 확 굳어버렸다. 왕치둥은 중국에서도 잘나가는 신진 사업가였다. 영국에 간 것도 아이디어 구상을 위해 유럽을 돌고 있던 중. 주석과도 기탄없는 사이로 알려진 그가 민규와 인연이 있다는 게 반가울 리 없었다.

"이따가 따로 좀 뵙죠, 셰프."

왕치둥은 신신당부를 하고 자리를 찾아갔다.

"이햐, 냄새부터 침을 자극하는군요?"

대통령이 치하를 보냈다. 주방의 전쟁을 알 리 없는 대통령. 주석을 모시고 상석에 앉았다. 모두가 자리를 잡자 요리가 공개되었다. 쩌우정은 어느새 주석 앞에 있었으니 민규는 반대편에서 요리의 뚜껑을 열었다.

"우와아!"

"이야!"

"어쩜!"

열두 명 모두가 자지러졌다. 그들의 첫 반응은 쩌우정의 요리였다. 그것들은 단숨에, 압도적으로 시선을 끌었다.

꿈결 같은 가닥의 룽쉬미엔[龍鬚面] 위에 요염하게 올라앉은 샥스핀.

모두의 눈은 약속이나 한 듯 거기 머물렀다. 황제의 빛깔인 금색 소스는 미세한 입자로 갈아낸 식용금을 섞어 더욱 찬란했다. 그 안에 살포시 담긴 룽쉬미엔. 그 위에 우뚝한 샥스핀의 자태는 지상에서 가장 투명한 크리스털처럼 보였다. 최상과 최고를 합친 비주얼이었으니 보는 사람으로 하여금 안달이 나게 만드는 포스였다.

홍해삼, 흑해삼의 비주얼은 또 어떤가? 어찌나 생생하게 요리했던지 방금 바다에서 건져낸 자태를 뽐낸다. 초록 소스로 긴 꼬리를 만든 솜씨는 유려함의 극치에 있었다. 그 옆에서는 흑백의 만두가 위용을 뽐냈다. 최고급 흑송로와 백송로의 향은 당연히, 만두피 따위로는 감출 수 없었다.

다음 접시는 두툼한 펑좌, 즉 닭발요리였다. 귀빈들에 맞춘 예우로써 발가락을 잘라냈으니 지나칠 정도로 두툼한 동타오의 닭발은 용의 몸통처럼 보였다. 그 옆의 노루힘줄은 나긋하게 익어 감칠맛을 뽐냈다. 입에 넣으면 쫀득한 식감과 함께 녹아내릴 듯 보였다.

"······!"

거기서 민규의 눈빛이 출렁 흔들렸다.

아뿔싸.

불도장······.

불도장이 없었다. 그러나 없는 게 아니라 곳곳에 숨겨둔 것이었다. 샥스핀 육수에 첨가해 바다와 땅의 진미를 이루었고, 만두피를 찌는 물로 쓰여 기혈 보강제가 되었다. 펑좌와 해삼, 노루힘줄과 낙타혹 요리에 들어간 건 당연한 일. 최고의 진미를 육수로 더했으니 쩌우정의 승부수였다.

호화롭지만 전체 분위기는 담백했다. 광동 월채의 기법과 호남 향채의 기법, 안휘 휘채의 기법을 총동원한 까닭이었다. 그렇기에 요리는 신선한 동시에 시원해 보이고, 식재료가 가진 성분과 외형의 강조와 더불어 담백하고 순박한 면까지 품고 있었다. 세련되고 호화로운 장점을 강조하면서도 민규의 자연주의 요리에 대한 견제까지 곁들인 구성이 나온 것이다.

'머리 많이 쓰셨군.'

민규가 웃었다.

그에 비하면 민규의 요리는 살짝 초라해 보였다. 돌배는 수려했지만 너무 작았고 오곡의 성찬도 그랬다. 호두구이와 약선대추알, 약선마소면에 보리수단도 그랬다. 알록달록 해초를 품은 만두와 야생초 소재의 요리들이 청정한 들녘의 숨결 같다고 해도 쩌우정의 요리를 압도할 비주얼은 아니었던 것.

—청순한 소녀 VS 완숙미에 더불어 요염함과 선량함을 갖춘 여인.

첫인상으로는… 쩌우정 쪽으로 기우는 판이었다.

찰칵찰칵!

청와대 사진사가 먼저 들어와 사진을 찍었다. 입구 쪽에서는 방송국의 카메라가 숨 가쁘게 돌아갔다. 그들에게 허용된 건 단 3분. 앵글을 밀고 당기며 최적의 그림을 잡으려 애쓰는 기자들이었다.

"요리가 굉장하군요. 주석께서 두 셰프에게 격려 한 말씀해주시죠."

대통령이 덕담을 권했다.

"요리도 한국과 중국의 만남이군요. 소박하고 단아한 요리와 푸짐하고 풍미 넘치는 요리… 이걸 먹으면 양국의 마음이 활짝 열릴 듯한 기분이 듭니다."

주석이 두 셰프에게 말했다. 이어 막 식사가 시작되려는 순간에 대통령이 입을 떼었다.

"두 분 셰프님들의 혼신이 담긴 요리들이네요. 먹기 전에 간단하게 의미를 들어보면 어떨까요?"

만찬을 낸 대통령의 주문. 주석은 박수로 환영 의사를 밝혔다. 이 주문은 민규의 요청이었다. 정상들은 정신이 없다. 그렇기에 혹시라도 의미를 듣는 차례 없이 식사에 돌입하면 곤란했다. 그런 까닭에 직원에게 시켜 영부인에게 전갈을 전달했다. 영부인이 그걸 잊지 않고 대통령에게 전한 것이다.

이번에도 쩌우정에게 선착의 기회를 주었다. 그는 물 만난 고기처럼 최고의 식재료와 요리 기법에 대해 자화자찬을 늘어놓았다.

"저는 오늘 요리 인생 50여 년의 모든 경험을 만찬에 녹여 냈습니다. 요리의 재료는 하늘과 바다, 땅을 망라했으니 제비집수프는 황금 제비의 것을 골랐고 흑해삼과 홍해삼 역시 최고의 명물로, 송로버섯 또한 그 성분의 한 올까지 승화시켜 놓았습니다. 나아가 용의 발로 불리는 동타오의 다리를 써서 만든 평좌는 황제의 영광을 상징하는 요리로 부족함이 없습니다. 다른 요리 또한 진귀한 재료를 정성으로 빚어냈으며, 이는 양국의 우호와 선린에 작은 기여가 되고자 하는 마음이니 맛나게 즐겨주시면 고맙겠습니다."

쩌우정은 쌍둥이와 함께 허리를 숙여 인사말을 끝냈다.

"파이팅."

민규 차례가 되자 종규가 낮은 소리로 주먹을 쥐어 보였다. 민규가 몇 걸음 나아가 귀빈들 앞에 섰다.

"한중의 마음이 만나는 자리에 만찬의 영광을 맡겨주시니 궁중요리를 하는 저에게는 역사적인 시간이 되는 순간입니다. 진심으로 고맙습니다."

인사말을 마친 민규, 쩌우정을 향해 포문을 열었다.

"우선 중국 측 셰프로서 만찬을 함께 꾸며주신 쩌우정 셰프에게 드릴 말씀이 있습니다."

"……?"

여유를 부리던 쩌우정이 시선을 세웠다. 긴장 백배의 눈빛이었다. 잔머리로 몰고 온 극한의 상황. 이제 승전보를 울릴 순간이었다. 하지만 아직 우려가 있었다. 혹시라도 민규가 진상을 밝히고 아쉬움을 토로한다면 주석의 체면을 구길 수 있었다. 그렇게 되면 승전보도 별 의미가 없었다. 중국에서, 주석에게 찍힌다는 건 곧 모든 것의 끝장을 뜻하고 있기 때문이었다.

"쩌우정 셰프님."

민규의 입은 아주 천천히, 그러나 또렷하게 열렸다.

"우선 심심한 감사의 말씀을 드립니다. 셰프님의 요리와 나란히 놓이니 제 부족한 요리가 빛나는 자리가 되었습니다."

한 문장을 끝낸 민규가 쩌우정을 바라보았다. 쩌우정의 얼굴에 안도의 빛이 보였다. 혹시나 하던 불안이 사라진 것이다.

'이 친구 봐라? 척 봐도 안 되겠으니까 나를 띄워서 함께 묻어가려는 건가?'

쩌우정의 머리에 들어온 생각이었다.

'하긴 그게 현명할지도 모르지. 이 만찬의 승부는 이미 끝난 것. 이건 오직 나를 위한 만찬장이 되어버렸으니까.'

회심의 미소를 머금는 쩌우정.

그건 당신 착각이야.

그런 쩌우정을 보며 여유로운 민규…….

나는 당신과 다르거든.

적어도 뒤통수 따위는 치지 않아.

그러나 도발하는 자에게 관용 따위도 베풀지 않지.

민규의 눈빛이 슬슬 칼 각을 세우기 시작했다.

"제 요리의 테마는 관주위보(貫珠爲寶)입니다."

민규의 단어에 귀빈들이 반응을 했다.

관주위보.

중국인도 잘 안다. 구슬이 서 말이라도 꿰어야 보배라는 뜻이다. 양국의 이익을 위해 자리를 같이했지만 결국은 결실이 중요한 자리. 그 주제를 관통하는 단어였다.

"그러나 아무 구슬이나 꿰어서는 보배가 될 수 없으니 속이 꽉 차고 알찬 식재료로써 양국이 결실을 맺기를 소망하는 마음을 담았습니다. 그 시작은 흰 접시에 담긴 돌배요리이니 '신선의 은둔'이라 이름 붙였습니다."

신선의 은둔.

제목에서 잠시 호흡을 조절하고 이어갔다.

"흰 접시는 무(無)를 뜻하고 황금빛 돌배는 대지를 뜻합니다. 아무것도 없는 백지에 대지의 흙이 내리니 비로소 의미의 시작이라, 안에는 대나무의 죽력과 죽근, 죽실 등을 주재료로 넣었으니 대나무는 쓴맛과 단맛을 함께 지니고 있습니다. 그 쓴맛을 단맛으로 살려 대지에 활기를 주려는 의도입니다. 아울러 대나무는 군자의 상징이라 즙을 먹으면 사람이 신선이 되고 그 열매인 죽실 또한 봉황새가 먹이로 삼으니 봉황의 창대한 나래처럼 양국의 협력이 활짝 펼쳐지라는 소망을 담았습니다."

"봉황?"

"신선?"

몇 귀빈들의 속삭임이 들렸다.

"약선의 의미로는 죽순에 기름을 제거하는 기능이 있고, 죽근은 기를 아래로 내려주니 하체가 부실한 중년 이후에 좋습니다. 나아가 죽실은 가슴과 폐를 시원하게 하기에 익기보혈에 활기양혈, 익지건뇌와 보익해독까지 겸해 탁 트인 마음으로 회담에 임할 수 있도록 정성을 다했으니 약선죽황배숙이 되겠습니다."

"죽황배숙?"

"어떻습니까? 이 요리의 의미를 주석님께서 확인해 주시면 영광이겠는데요? 약선요리는 오감으로 보고 오장으로 느끼니 몸으로 확인하는 게 가장 확실하기 때문입니다."

민규 눈이 주석을 겨누었다. 놀란 건 쩌우정. 민규가 선수를 친 까닭이었다.

약선요리.

그 백미는 역시 약선의 효과였다. 구구한 설명이나 미사여구가 무슨 상관일까? 먹어서 효과가 없다면 천국의 비주얼이라도 소용이 없을 일.

더구나 이 요리들의 과녁은 주석이었다. 그의 체질을 겨눈 식재료가 중심이었으니 다른 누구보다 그의 감수성이 강할 일.

"시식은 건배사 이후에나……."

주석이 점잖게 사양을 했다. 때맞춰 왕치등의 지원이 날아왔다.

"한번 드셔보시지요. 저희도 궁금합니다."

왕치등의 말이 신호가 되었다. 쑨차오에 이어 주석의 부인도 거들고 나섰다. 그녀는 여자. 그렇기에 중국 8대 진미보다 민규 요리에 관심이 갔다. 소박하지만 더 세련되어 보이는 것이다.

"하지만 객이 어찌 먼저……."

주석이 대통령을 의식했다.

"별말씀을… 한국에서는 손님이 우선입니다."

통역을 들은 대통령도 요리를 권했다. 그제야 주석이 숟가락을 들었다. 꼬마 돌배였기에 전용 숟가락도 작았다. 돌배 살과 연근, 그리고 죽실이 어우러진 죽황배숙. 주석이 그 첫 수저를 입에 넣었다.

"죄송하지만 다 드셔주시면 고맙겠습니다. 약선은 임계점의 적량이 있으니 다 드셔야 효과를 느낄 수 있습니다."

민규의 권유가 뒤를 이었다. 원래는 한 입만 맛보고 말려던 주석. 주관 셰프의 요청이 들어오니 별수 없이 숟가락을 놓지 못했다.

두 숟가락, 세 숟가락…….

그렇데 몇 번이 이어지는 순간, 주석이 주춤 숟가락질을 멈췄다.

"……?"

"어떻습니까?"

주석이 움직이지 않자 대통령이 물었다.

"이거……."

잠시 입맛을 다셔본 주석, 고개를 갸웃거리며 말을 이었다.

"셰프의 말이 맞군요. 푸근한 힘이 아래로 차곡차곡 쌓이는 느낌입니다. 게다가 머리도 맑아지고 가슴과 호흡도……."

후우우!

주석이 깊은숨을 몰아쉬었다. 동시에 그의 얼굴이 환하게 밝아졌다. 입장할 때 굳었던 것과는 딴판이었다.

"허어!"

마지막은 진한 감탄사였다. 말이 그렇겠거니 했던 주석, 벼락같은 약효에 정신이 번쩍 들고 말았다.

번쩍!

벼락같은 약효.

민규의 한 방이 그대로 적중하는 순간이었다.

짝짝!

첫 박수의 진앙지는 왕치등이었다. 다른 사람들도 박수 대열에 동참을 했다. 결국은 주석의 손에서도 박수가 나오고 말았다.

씨익!

민규가 회심의 미소를 머금었다. 반대로 쩌우정의 얼굴은 구겨진 은박지처럼 멋대로 일그러지고 있었다. 그러나 그는 애써 위안을 했다.

주석의 인사치레일 거야. 암…….

그런 쩌우정을 슬쩍 돌아본 민규, 다음 요리의 설명으로 넘어갔다.

"다음은 대지의 개화로 들녘에 흔한 씨앗으로 주제를 삼은 요리입니다. 거기 쓰인 작은 감은 고욤이니, 감은 오방색을 모두 갖춰 인간의 먹거리 색을 대변하거니와 마음을 진정시키고 안색을 좋게 하며……."

민규의 설명은 유려하게 이어졌다. 그때마다 귀빈들은 설명하는 접시에 시선을 집중시켰다. 아무렇지 않게 보이던 요리가 새롭게 보였다. 냉이 한 조각도 광대나물 한 조각도 그랬다. 입안에서 톡톡 터지는 맛이라는 똑새풀씨앗도 다시 보였다. 그렇게 신경을 집중하니 비로소, 민규 요리의 향이 느껴졌다. 찌우정 요리의 강렬함에 밀려 존재감이 없던 요리들. 그러나 한번 후각을 뚫으니 그 향이 오히려 미각을 자극했다. 그건 마치 소음 속에서 맑고 낮은 소리가 더 또렷한 경우와 같았다.

마를 실채로 썰어 구성한 약선마소면, 주석의 시선을 한눈에 끄는 약선보리수단, 구멍마다 완두콩을 박은 연근튀김, 씨의 자리에 오곡의 고물을 채운 약선대추알… 하나같이 속이 꽉 찬 열매나 견과류를 이용한 식재료들…….

너무 작아 온갖 신경을 써야 했지만 그래서 오히려 인상적인 요리들… 귀빈들의 관심은 어느새 민규의 요리로 옮겨 가 있었다.

'분위기는 넘어왔다.'

아직 고임떡은 화두에 올리지도 않았다. 그러나 민규 마음에는 확신의 불이 들어왔다. 쩌우정의 초호화요리가 오히려 민규의 소박함을 살려주는 꼴이 되고 있었다.

그렇다면, 쐐기를 박아야지.

쐐기용으로 마련해 둔 보험은 주석의 부인이었다.

민규가 남은 접시 하나를 집어 들었다. 거기 올라앉은 건 작은 석류 하나와 두 알의 호두였다.

"마지막으로 이 요리는 관주위보의 결실을 상징하는 요리 '생명의 환희'입니다. 이번에는 여사님께 부탁드립니다. 톡 건드려 주시기 바랍니다."

민규가 주석의 부인을 바라보았다.

"해보세요."

영부인이 주석의 부인에게 권했다. 이미 호기심의 포로가 된 그녀. 주저 없이 석류를 건드렸다. 그러자 석류가 갈라지며 꽉 찬 결실을 쏟아냈다.

안에서 나온 건 탐스러운 보리수 열매였다. 그러나 모두 황금색. 열매들은 씨도 없었으니 민규의 우레타공이 빚어낸 걸작이었다. 더구나 그 껍질…….

"이거… 진짜 석류인 줄 알았는데?"

주석 부인이 고개를 들었다. 그녀 손에 들린 석류 껍질. 군고구마로 빚어낸 명작이었다. 고구마 살을 이겨 반죽을 만들고 반원 모양으로 빚어낸 것. 두 개의 반원을 오븐에서 말리고 씨를 제거한 보리수를 담았다. 두 반원의 합체는 남은 반

죽으로 때우고 붉은 해당화꽃물과 노란 치자물을 표면에 발라 석류 색감을 재현한 것.

"시식을 부탁합니다. 불순물의 해독과 함께 피부와 얼굴을 예쁘게 하는 약선석류이니 껍질째 드셔도 됩니다."

민규가 말했다. 주석 부인에게는 더없는 유혹이었다. 한 입 깨무니 보리수의 담백한 감미에 구운 고구마의 감미가 합쳐 미각세포를 휘저었다. 더구나 그녀는 금형 체질. 군고구마의 탄내와 화한 맛이 뼛속까지 파고들어 갔다.

"어휴!"

탄성과 함께 입을 막는 주석 부인. 하마터면 옥침을 흘릴 뻔했으니 아찔한 순간이었다. 맛은 초대박이었다. 납설수에 담가 본래의 맛을 살리고 지장수와 추로수로 효과를 낸 것이니 두말할 나위가 없었다.

"여사님도 드셔보세요. 상큼하면서도 아련한 단맛이 일품이네요."

주석 부인이 영부인에게 석류를 건넸다.

보험도 당첨.

민규 입가에 또 한 번 미소가 스쳐 가자 쑨차오도 남몰래 미소를 머금었다.

"이번에는 호두를 부탁합니다."

민규가 한 번 더 요청을 했다. 주석의 부인, 이번에는 서둘러 호두를 건드렸다. 그 또한 반으로 갈라졌다.

"……!"

주석 부인이 자지러졌다. 안에서 쏟아진 건 들깨 크기의 황금 알갱이였다. 속이 어찌나 꽉 찼던지 한 숟가락은 될 분량이었다. 그 황금 알들은, 흠 하나 없이 깨끗하고 균일하게 보였다.

"이건 어떻게 먹나요?"

주석 부인이 물었다.

"역시 통째로 드시면 됩니다. 호두가루로 빚어놓은 껍질이거든요."

"어머, 정말이네?"

호두를 입에 넣은 주석 부인이 또 한 번 자지러졌다.

"맞습니다. 호두 알맹이를 가루로 만들어 호두처럼 빚은 후에 살며시 구워낸 겁니다. 안에 든 건 마름이라는 야생초 열매를 조각해 금박을 입힌 것인데 밤 맛과 함께 담백하면서도 아련한 맛이 일품입니다."

"와아, 호두가루를 빚어 호두 껍데기를 만들고… 안에는 밤 맛이 나는 자연의 열매… 소박함으로 이루어낸 맛의 절정이네요."

주석 부인은 눈을 감은 채 뜰 줄을 몰랐다.

"짧게 요리의 주제를 말씀드렸습니다. 텅 빈 대지에서 시작하여 황금의 결실을 맺은 것처럼 오늘 한중의 만찬을 계기로 양국이 마음을 열고 큰 결실을 맺기를 바라며 만찬의 뜻을 기릴 마지막 요리를 공개합니다."

민규의 선언과 함께 종규와 재희가 남은 접시의 가리개를 치웠다. 주인공은 고임떡이었다. 떡은 오색이었다. 맨 아래는 대추를 고이고, 그 위에 율란, 그 위에 조란… 고물을 다섯 가지로 맞춘 것은 역시 인간의 섭생이 오곡과 오채, 오과 등으로 이루어진다는 상징의 발로였다. 이는 혜경궁 홍씨의 환갑연 때 차린 각색병을 응용한 것. 귀한 손님을 맞을 때 빚는 것이었으니 정상회담의 성공을 기원하는 소망이었다.

　꼴꼴!

　건배주 자주가 따라졌다.

　챙!

　건배사와 함께 만찬이 시작되었다.

　민규와 쩌우정 등은 이제 퇴장을 했다. 셰프의 몫은 딱 거기까지였기 때문이다.

　"이봐."

　복도로 나온 쩌우정이 민규를 불렀다. 굉장히 까칠한 목소리였다.

　"나는 할 말이 없는데요?"

　민규는 그를 상대하지 않았다.

　"그런가? 지켜보자니 딱해서 말이야."

　"그랬나요?"

　"아양을 떨며 발악을 하던데 어떤 의미를 붙이든 자네 요리는 내 아래야."

"그건 두고 보면 알겠죠."

"직접 보고도 미련을 갖는가? 아까 주석과 부인의 반응 때문인가? 그건 착각이라네. 당신 대통령의 체면을 위한 액션."

"그것도 두고 보면 알겠죠."

"하긴 젊은 것들은 결국 당해봐야 알지."

"그것도 두고 보면 알 겁니다."

민규는 주방을 향해 걸었다. 거침이 없다. 승부수는 제대로 먹혔다. 그 눈치조차 차리지 못하는 노인 따위와 말을 섞을 생각은 없었다.

주방으로 돌아온 민규가 다시 칼을 잡았다. 민규가 만드는 건 마소면과 해초만두였다. 재희와 종규, 그리고 할머니. 만찬을 차리느라 변변하게 식사를 하지 못했다. 그들을 위한 준비였다.

"셰프님!"

의자에 앉아 있던 종규가 발딱 일어섰다.

"왜?"

대답하는 민규는 태연하다.

"지금 그런 거 만들 정신이 있어?"

"아니면?"

"아, 진짜… 나는 피가 마르는구만."

"그럼 기혈보강약선으로 만들어야겠네. 우리 아우님, 피 말라 죽으면 곤란하니까."

"형!"

"종규야."

민규가 칼을 내려놓았다. 그런 다음 묵직하게 말을 이었다.

"귀빈들이 우리 요리는 손도 안 대고 쩌우정 요리만 싹 비워낼까 봐 겁나냐?"

"그, 그게……."

"넌 아까 무슨 느낌 같은 거 못 받았냐? 주석과 주석 부인이 요리 드실 때."

"그거야 쩌우정의 말처럼 그냥 인사치레일 수도 있잖아?"

"저기 가서 장미꽃 좀 가져와 봐라. 전부 다."

민규가 꽃 양동이를 가리켰다.

"그건 뭐 하게?"

"글쎄, 시키는 대로 좀 해봐."

"알았어."

엉거주춤 일어난 종규가 장미를 들고 왔다. 장식 등에 쓰라고 청와대에서 준비한 장미 다발. 한 번에 안고 오니 분량이 엄청났다.

"장미, 세련되고 예쁘지?"

민규가 한 송이를 뽑아 들었다.

"그야 두말하면 잔소리……."

그 한 송이 옆에 마름의 흰 꽃과 새팥의 노란 꽃을 놓았다.

"진짜 그렇네?"

민규가 웃었다. 마름의 흰 꽃은 작다. 새팥의 노란 꽃 역시 콩알만 하다. 요염하고 큼지막한 장미의 존엄에 견줄 수 없는 포스였다.

"하지만 이렇게 하면 어떨까?"

민규, 이번에는 그 마름 흰 꽃 하나와 새팥 노란 꽃 하나를 엄청난 장미 송이 위에 살며시 올려놓았다. 그러자 놀랍게도, 장미보다 두 개의 작은 꽃이 부각되었다. 너무 화려하고 많은 장미는 관심도 없어지고 작은 들꽃에 시선이 꽂힌 것이다.

"형?"

예지를 받은 종규가 왈딱 고개를 들었다. 민규가 빙그레 웃었다. 그 미소 속에는 압승의 확신이 가득 차 있었다.

그리고…….

잠시 후에 만찬 담당 비서관이 뛰어들었다.

"셰프님!"

그가 흥분된 목소리로 민규를 불렀다.

"끝났습니까?"

성질 급한 종규가 먼저 물었다.

"그래요. 조금 전에 만찬장을 나가셨습니다."

"요리는요?"

"직접 가보시죠."

비서관이 문을 가리켰다. 종규가 의자를 박차고 일어섰다.

"부셰프!"

민규 목소리가 묵직하게 그 발을 잡았다.

"왜? 아니… 셰프님."

"주방이다."

그 한마디가 종규의 정신 줄을 세웠다. 주방에서는 뛰지 않는다. 울상이 되는 순간 민규가 일어섰다. 마치 거대한 산이 일어나는 느낌이었다. 종규는 민규가 먼저 나갈 때까지 감히 움직이지 못했다. 재희도, 할머니도 마찬가지였다.

저벅저벅!

민규는 결코 서두르지 않았다. 저만치 앞서 달려가는 쩌우정과 쌍둥이가 보였다. 그들은 가까운 만찬장의 뒷문을 열었다. 민규는 그들을 지나쳤다. 그 걸음은 앞문에서 멈췄다. 뒷문 따위는 민규와 격이 맞지 않았다.

"악!"

민규 뒤의 재희가 비명을 질렀다. 민규의 어깨 너머로 만찬 테이블의 분위기를 본 것이다.

"으억!"

종규의 비명도 뒤따라 나왔다.

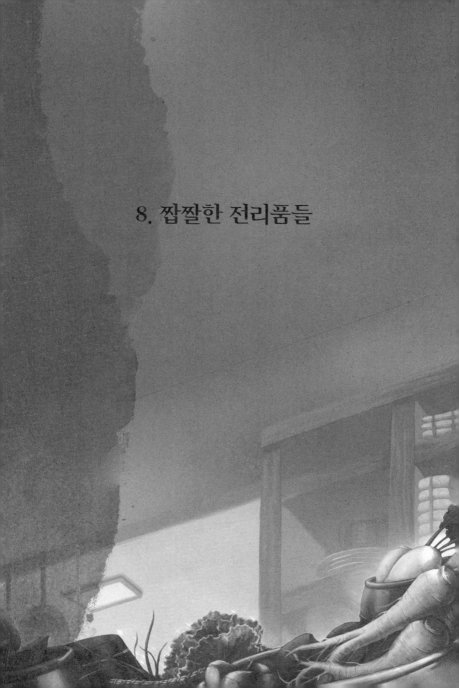

8. 짭짤한 전리품들

"형!"

"셰프님!"

종규와 재희 목소리가 떨렸다.

"쉿!"

민규가 주의를 주었다. 그 목소리는 낮았지만 묵직하기가 태산과 같았다. 테이블이 보였다. 접시들도 보였다. 요리의 태반이 남아 있었다. 그 절대다수는 쩌우정의 것이었다. 민규의 약선요리 접시는… 누가 세척이라도 해준 듯 깔끔하게 비어 있었다.

"셰프님이 이겼어요. 이겼다고요."

재희 목소리가 젖어 있었다. 민규가 고개를 들었다. 뒷문으로 들어온 쩌우정이 보였다. 그는 쌍둥이와 함께 테이블 끝에서 얼어붙어 있었는데, 그 어깨가 떨리고 있었다.

시선이 마주치자 쌍둥이가 먼저 고개를 떨구었다. 쩌우정은 그럴 정신도 없었다. 그는 자신의 요리를 확인하고 있었다. 샥스핀의 내용물을 뒤적여 보고, 동충하초 육수의 냄새를 맡는다. 송로버섯요리도 그랬고 해삼과 평좌, 노루힘줄요리도 그랬다. 요리에서는 아직도 불도장의 깊은 냄새가 아련했다.

중국인이라면, 권력자라면, 아니, 방귀 좀 뀌는 인간들이라면 누구든 환장을 하는 불도장. 원방에 가깝게 구현한 그 불도장을 육수로 써서 빚어낸 절정의 진미들. 어떤 접시는 거들 떠보지도 않아 방금 내온 듯 산뜻하고 또 어떤 요리는 입맛에 맞는 식재료 두어 개를 집어 먹느라 들쑤셔져 벌집이 되었다.

참혹.

낭패.

처참.

세 단어가 쩌우정의 의식을 베고 갔다. 자존심과 명예를 뭉개고 갔다. 이 만찬을 기회로 레전드의 신화를 다시 쓰려던 쩌우정. 그러나 결과는 셀프 무덤이 되고 있었다. 전성기 때 인민 대표로까지 뽑혔던 명예마저 날아갈 참혹한 무덤…….

"으……."

머리에 격한 지진이 일었다. 관록과 경험치를 총동원해 빚어낸 최후의 걸작. 그러나 결과는 요리사로 데뷔를 한 날, 큰손 고객에게 개무시를 당하던 때보다도 처참한 지옥을 본 것뿐이었다.

고개를 들었다. 퀭한 눈에 민규 접시가 들어왔다. 거기 돌배가 보였다. 속은 알뜰히 비어 있는 돌배. 자세히 보니 살이 조금 남아 있었다. 그걸 한 입 물었다. 대체 이게 뭐길래……

"……!"

순간, 그는 온몸을 스쳐 가는 고압 전류를 느꼈다. 오감과 오미를 관통하는 동시 충격이었다.

"대나무는 군자의 상징이니… 죽근은 기를 아래로 내리고 해독을 하며… 죽실은 봉황새가 먹으니 가슴과 폐가 청량해지고… 죽력과 즙은 번민을 그치게 하고 신선으로 만들어주니……"

민규 말이 벼락처럼 스쳐 갔다. 그리하여 먹는 자의 마음을 열어준다는 배숙… 그 말은 허풍이 아니었다. 온몸의 경락을 열고 닫는 짜릿한 기운… 찌꺼기를 맛보았는데도 이러니 이 하나를 다 먹었다면?

빌어먹을!

통탄하는 그 눈에 민규가 들어왔다. 컸다. 너무 커서 눈에 다 들어오지도 않았다. 그제야 알았다.

'이란격석(以卵擊石)……'

통렬한 단어가 불꽃처럼 떠올랐다. 네 개의 한자가 불덩어리가 되어 머릿속을 태웠다. 무모했다. 민규는 그가 넘볼 상대가 아니었다. 그의 희망처럼 젊은 날 한때 불타오르는 천재가 아니었다. 결코 넘봐서는 안 될 거인이었던 것이다.

아아…….

그와 함께 자연주의 만찬을 차렸더라면…….

그랬더라면…….

지금쯤 그와 함께 부각이 되어 주석의 찬사를 받고 있을 것을…….

내 발등을 제대로 찍었구나.

"으헉!"

그가 만찬 위로 무너졌다. 하필이면 남아 있는 그의 요리 찌꺼기 위였다. 허덕이는 의식을 잡기 위해 뭔가를 꺼냈다. 미친 듯이 생수에 풀어 마신다. 금박이었다. 한 번에 먹는 양이 지나치게 많았으니 보지 않아도 중독이었다.

'금박이었군.'

민규 머리에서 안개 하나가 지워져 나갔다. 그의 신장과 비장, 폐에 서리는 낯선 혼탁들. 그 원인은 금박이었다. 금은 정신을 안정시키고 혈맥을 조절한다. 우황청심환을 금박에 싸는 것도 이런 까닭이다. 그러나 과용하면 신장이 상한다. 그 과용이 문제였다. 신장이 약해지면 폐도 약해진다. 솥에 불을 때면 뚜껑에 증기가 맺히는 것과 같다. 신장과 폐가 약해지면서 비장도 함께 상했다. 비장이 상하면서 바른 생각을 할 수 없게 되었으니 노욕의 출발이자 패가망신의 발단이었다.

'후우!'

겨우 숨을 돌리는 쩌우정. 그 귀에 발소리가 들렸다.

저벅!

돌아보지 않았다. 이 참담함을 민규에게 보여주기 싫었다. 그런데… 어깨 위에서 들려온 목소리는 민규의 것이 아니었다.

"쩌우정 셰프."

"……?"

쩌우정이 문득 고개를 들었다. 지상 최고의 존엄에 반응하는 본능이었다.

'주석……'

그는 또 한 번 얼어붙었다. 그 앞에 우뚝한 건 중국 주석이었다.

"주석님……"

겨우 몸을 추슬러 일어섰다. 주석은 시선을 거두고 민규에게 걸어갔다. 그 장면이 또 한 번, 쩌우정을 나락에 빠뜨려 버렸다. 가차 없는 외면. 그는 두 번 죽은 셈이었다.

민규는 주석을 향해 가만히 고개를 숙였다. 뒤에는 왕치등이 보였다. 수행 비서와 통역관도 있었고 청와대 비서관도 있었다.

"멋진 만찬이었소."

주석이 손을 내밀었다.

"감사합니다."

민규가 그 손을 잡았다. 주석은 따뜻한 미소를 남기고 민규를 스쳐 갔다.

"셰프님."

이번에는 왕치등이었다.

"좋은 시간 되셨습니까?"

민규가 웃었다.

"덕분에요. 지난번에는 제 목숨을 구하더니 이번에는 제 입맛을 구하셨습니다. 전에 셰프께서 말한 대로 기운을 올리느라 진미들을 마구 먹어댔더니 이런저런 요리들에 흥미가 떨어져 가던 참이거든요."

"다행이군요."

"혹시 잠깐 시간이 되십니까?"

"뭐 잠깐이라면 괜찮습니다."

"그럼 가시죠."

왕치등이 복도를 가리켰다.

딸깍!

문이 열렸다. 청와대 측에서 내준 작은 회의실이었다. 안에는 주석이 있었다. 민규가 돌아보자 왕치등이 설명을 해왔다.

"실은 저보다 주석께서 더 뵙고 싶다기에……."

왕치등이 웃었다. 테이블을 두고 주석과 마주 앉았다.

"요리 내공이 대단합니다. 절대 경지에 올랐어요."

주석의 치하가 다시 나왔다.

"별말씀을……."

"중국어도 잘하시고……."

"겨우 의사소통 정도 하고 있습니다."

"겨우라뇨? 내 한국어보다 백배는 낫습니다."

"예……."

"그나저나 쑨차오는 물론이고 왕치등 사장과도 각별한 인연이라고요?"

"예… 영국에서……."

"여왕의 생일 만찬도 주관하러 가셨다고요?"

"예."

"정말 대단하군요. 영광입니다."

"과찬이십니다."

"아닙니다. 내가 왕치등 사장의 이야기에도 감동을 받았지만 아까 그 요리의 감동이란… 아무리 아닌 척하려 해도 몸이 느끼는 것을 어쩌겠습니까?"

"주석님께서 마음을 열어주신 덕분입니다. 약선은 먹는 사람의 열린 마음이 중요하거든요."

"아무튼 덕분에 입이 호강을 한 것 같습니다. 우리 안사람도 아주 흠뻑 빠졌습니다. 얼굴 피부가 뽀송하게 변했다나요. 그런데 어떻게 그게 가능합니까? 똑같은 요리를 먹었는데 나는 헐렁하던 다리에 힘이 들어오고 머리와 가슴, 폐가 청량해졌는데 그 사람은 피부가 좋아지다니?"

"두 분의 메뉴에 서로 다른 약수를 썼기 때문입니다."

"오, 식재료는 같지만 물이 달랐다?"

"그렇습니다."

"그것 참 신기하군요. 아, 그러고 보니 셰프께서 약수까지 요리로 만들어내신다고 들은 것 같습니다."

"좋은 요리를 위해 몇 가지 물을 만드는 재주를 익혔습니다."

"그럼 우리 안사람 요리에 넣은 물은 무엇입니까? 그런 효능이라면 추로수나 옥정수를 써야 할 텐데?"

"약수를 아시는군요?"

"그, 그런 약수가 한국에 있단 말입니까?"

"지금은 거의 찾기 어렵기에 만드는 법을 배웠습니다."

"설마?"

"맛을 보여 드릴까요?"

"여기서 말입니까?"

"생수 한 병과 물컵만 있으면 얼마든지 가능합니다."

"그럼 어떤 약수를 만들 수 있다는 겁니까?"

"주석님께서 원하시는 약수라면 뭐든지……."

"설마 문헌에나 나오는 상지수, 마비탕, 방제수 이런 것들까지 가능하다고 하는 건 아니겠지요?"

"가능합니다."

"……?"

빙긋 미소를 머금은 민규, 주석이 보는 앞에서 생수병을 잡았다. 민규가 만든 건 반천하수로 불리는 상지수. 두 잔을 만들어 주석과 왕치등에게 건네주었다.

"이게 하늘의 물이라는 상지수?"

물을 바라본 주석이 천천히 음미에 들어갔다.

"……?"

몇 모금 넘기던 두 사람, 약속이나 한 듯 동작을 멈췄다. 마음이 정화되는 듯 정갈한 느낌이 온몸을 것.

"허어!"

주석 입에서 탄식이 나왔다. 직접 겪고도 믿을 수 없는 일. 그게 일어나고 있었다.

"그렇다면 셰프의 약선요리는 못 하는 게 없겠군요. 혹시… 왕치등 사장의 목숨을 구했다고 하니 묻는 것인데 죽은 사람도 살려낼 수 있는 겁니까?"

주석이 고개를 들었다. 호기심에서 물어온 질문. 그러나 민규는 단아한 시선으로 주저 없이 응답을 했다.

"가능합니다."

"……?"

"다만 그 시신이 온전히 보전되어 있다면 말입니다."

"셰프……."

"믿으셔도 되고 믿지 않으셔도 됩니다."

"……?"

주석은 숨조차 쉬지 못했다. 감동적인 요리를 치하하기 위해 잠시 빌린 시간. 그런 자리에서 엄청난 사실을 들은 것이다. 어쩌면 과장일 수도 있겠지만 부정하기 힘들었다. 만찬에 나온 요리가 그랬고 방금 맛본 상지수가 그랬다. 상지수를 먹어본 적은 처음이지만 문헌 속의 느낌이 드는 건 몸으로 알 수 있었다. 게다가… 주석의 눈앞에는 그 증인 왕치등이 있었다.

"언제 한번 셰프를 초대하고 싶군요."

주석이 웃었다.

"영광입니다."

"농담이 아니라 예약입니다."

"그 또한 영광입니다."

민규가 답하자 주석이 일어섰다.

"아, 이거… 제가 먼저 셰프님을 예약하려고 했는데 주석께서 선수를 치고 가시네요."

주석이 나가자 왕치등이 어깨를 으쓱해 보였다.

"사장님이 이렇게 대단한 분인 줄 몰랐습니다."

민규가 말했다.

"저도 셰프가 이렇게 대단한 분인 줄 몰랐습니다. 그나저나 정말 초청하면 중국으로 오시는 겁니까?"

"그럼요."

"그럼 근간 중국에 오셔서 저를 한 번 더 구해주십시오. 요즘 우리 회사가 좀 난항인데 셰프님의 약선요리를 먹으면 직원들 아이디어가 빵빵 뚫릴 것 같거든요. 출장비는 빵빵하게 챙겨 드리겠습니다."

"기억해 두겠습니다."

왕치등의 예약도 접수해 주었다. 농담이라도 상관없었다.

복도로 나오자 쑨차오의 문자가 들어왔다.

[멋졌습니다.]

짧은 중국어 한 문장. 그러나 진심이 묻어났다. 나름 쩌우정과 관계가 있는 사이다 보니 드러내지 않고 응원하는 쑨차오였다.

주석의 방문단은 그렇게 청와대를 떠났다.

"갔어. 돼지쓸개 씹은 얼굴에 패잔병의 몰골로……."

주방의 종규가 쩌우정의 소식을 알려주었다.

"그만 신경 끄고 정리해서 돌아가자."

민규가 말했다. 도발은 끝났다. 민규의 완승이었다. 그리 유쾌한 일이 아니니 오래 생각하고 싶지도 않았다. 짐을 꾸릴

때 대통령이 들어섰다. 영부인도 대동이었다.

"이 셰프님."

대통령은 더없이 밝은 표정이었다. 민규는 동작을 멈추고 대통령 부부를 맞았다.

"수고하셨습니다. 덕분에 회담이 화기애애하게 끝났습니다. 임기 말에 유종의 미를 거두게 되었습니다."

"다행이군요."

"주석을 따로 만났다면서요?"

"예. 식사에 대한 치사를 하시느라고……."

"다들 주석의 방한이 이례적이라 하는데 그 또한 이례적인 일입니다. 우리 청와대 만찬 사상 처음 있는 일이기도 하고요."

"청와대에서 일하는 분들이 물심양면 도와주신 덕분입니다."

"아까 만찬 먹을 때, 사실 가슴이 뜨거웠습니다. 중국요리가 나올 때는 아차 싶었거든요. 그런데 그 호화로운 요리조차 셰프님의 약선요리 앞에서는……."

대통령이 뿌듯한 표정을 지었다.

"그런데 요리가 왜 변경이 된 거죠? 원래는 양측에서 비슷한 풍으로 만찬을 차리기로 하지 않았던가요?"

영부인이 물었다.

"그게… 그쪽 셰프께서 자연식보다 진미 쪽 요리에 미련을 두시길래……."

"그래도 그렇지 한번 협의를 했으면 그대로 가야지… 저도 처음에는 조마조마했어요. 셰프님 실력을 믿기야 하지만 워낙 절정의 요리들이 나오니……."

"결과가 좋으니 그 일은 마음에 담지 마시기 바랍니다. 협의 대로 만찬을 진행하지 못한 건 제 잘못도 있을 테니까요."

"무슨 말씀이세요. 저도 만찬 담당 비서관에게 대충 이야기 들었어요. 보아하니 중국 쪽 셰프가 주석을 내세워 일방적으로 저지른 작태 같던데……."

"다 끝난 일입니다."

민규가 웃었다. 과정만 돌아보면 불쾌하지만 결과는 나쁘지 않았다. 그렇기에 사사로이 쩌우정의 노욕과 작태를 공개할 생각은 없었다.

"아무튼 다 이 셰프님 덕분입니다. 중국 측과 생긴 마찰들 이 차기 정권으로 이어지면 그들에게도 부담이 될 일이었는데 만찬 덕분에 좌르르 풀렸습니다. 셰프님의 약선요리가 정말 모두의 마음을 열어준 것 같습니다."

"과찬이십니다."

"아니에요. 장관과 비서관들도 기대 이상의 성과에 혀를 내 두르더군요. 정말 수고하셨습니다."

"예……."

"고마워요. 셰프님밖에 없다니까요."

영부인이 다가와 민규 손을 잡았다. 화사한 격려와 함께 청
와대 만찬의 막이 내렸다.

소감?

한마디로 짜릿 쫄깃이었다.

"뒤풀이해야지?"

랜드로버에 오른 민규가 재희와 종규를 바라보았다.

"정말요?"

둘이 합창을 한다.

"장광거사님 가게로 몰아라. 거사님 요리 좀 팍팍 갈궈주면
서 스트레스 풀어보자."

조수석의 민규가 안전벨트를 채웠다.

*   *   *

"아니, 대통령 만찬 셰프께서 웬일이신가?"

장광이 주방에서 뛰어나왔다. 연락도 없이 왔으니 놀랄 만
도 했다.

"끝난 건가?"

그가 물었다.

"예. 그래서 선생님 요리로 기 좀 채우려고요."

민규가 답했다.

"들어오시게. 어서."

그가 특실을 내주었다.

"어떻게 됐나? 물론 초대박이었겠지만."

"사연이 있었지만 결과는 대충 그렇게 된 것 같습니다."

"사연?"

"중국 셰프 놈이 장난질을 쳤거든요."

종규가 콧김을 뿜었다.

"중국 셰프라면 중국요리의 대가 쩌우정 말인가?"

"예."

민규가 피식 웃었다.

"중국 셰프가 장난질이라니? 만찬의 공동 주관자 아니었
나?"

"그랬는데 사전 협의를 파기하고 혼자만 튀었어요. 소담한
만찬을 차리자더니 뒤통수를 치고는 초호화판 중국 진미를
내놓았지 뭡니까?"

이번에도 종규였다.

"그, 그럴 수가?"

"결국에는 우리 셰프님께 박살이 났지요. 비주얼은 압도적
이었지만 그 만찬에 손댄 사람은 거의 없었거든요. 대신 우리
요리는 소스까지 싹싹."

"허어, 이거 듣는 내가 다 애간장이 녹는구만. 알았으니 일
단 한숨 돌리고 계시게. 내 한 상 차려서 옴세."

장광이 일어섰다.

요리는 떡 벌어지게 나왔다.

장광이 새로 개발한 사찰 특선에 신메뉴 두세 가지를 더하니 그 또한 작은 만찬에 못지않았다.

"이건 민폐 같은데요? 너무 많이 차리셨어요."

민규가 에둘러 감사를 전했다.

"많다니? 한국을 대표해서 수라상을 차리고 온 대령숙수님들인데… 우리 집 거덜 내도 좋으니까 많이만 먹으라고."

장광이 털털하게 웃었다.

"만찬주로 쓰고 남은 자주가 있는데 같이 한잔하시겠습니까?"

"영업 중이지만 이 셰프 권주라면 받아야지. 한 잔만 달달하게 마시겠네."

장광이 민규 앞자리에 앉았다.

"자, 다들 수고했다."

술을 채운 민규가 잔을 들었다. 종규와 재희, 할머니도 자주 잔을 들었다.

술은 미칠 듯이 달았다. 성취감 덕분이었다. 쩌우정의 일은 다시 생각해도 통쾌했다.

"내 술도 받게."

장광이 술병을 들었다.

꼴꼴!

술 나오는 소리도 청량했다.

"쭉 드시게. 신선의 은둔으로 시작해 생명의 환희로 끝난 만찬이라… 소박한 자연식이면서도 세련되기가 자연의 조각들 같더군. 나 아직도 살이 떨리네."

"보셨습니까?"

"검색해 봤지. 아주 난리던데?"

"어, 그래요?"

종규가 핸드폰을 꺼냈다. 손가락이 몇 번 날아다니자 기사와 이미지, 댓글까지 쏟아졌다.

"실시간검색어 1위야. 2위, 3위… 10위까지 전부 다 만찬요리 관련어고."

"줘봐라."

민규가 핸드폰을 넘겨받았다. 관련 기사들을 밀어 올렸다. 인터넷 기사는 새끼에 새끼를 치고 있었다.

메인으로 돌아다니는 이미지는 생명의 환희였다. 고구마가루로 빚은 석류와 두 개의 호두알. 거기서 살포시 자태를 드러낸 알갱이들은 보석 그 자체였다.

"……!"

민규의 시선이 이어지는 기사에서 멈췄다.

[정권 말기에 이룬 한중 현안 극적 대타결]

[양국 관계 소원하던 이전으로 회복 선언]

[한중 정상 분위기, 만찬 전과 후가 달랐다]

[중국 주석, 만찬 후 이례적으로 만찬 셰프와 독대, 방중 요청까지]

기레기 기레기 말하지만 쓸 만한 기자들도 있었다. 주석과 민규를 한 컷으로 잡아낸 스틸사진도 있었다. 이런 건 또 언제 찍었담. 시식을 하면서 만족하는 주석 모습도 보였다.

이런 건 또 언제…….

"진짜 수고했네. 어떤 기사를 보니 중국과의 현안 절반은 자네가 해결한 거라는 글이 있더군."

"별말씀을……."

겸손히 답하고 핸드폰을 내려놓았다. 인내는 쓰나 그 열매는 달다더니 격랑을 넘어온 민규의 분투는 아름다운 파장이 되고 있었다.

그때 특실 문이 열리면서 꽃다발이 들어왔다.

"짜잔, 이 셰프님!"

홍설아였다. 그 뒤로 몇 사람이 더 보였다.

'이진만 사장?'

민규가 흠칫거렸다. 홍설아 뒤에 서 있는 사람 중의 하나는 분명 한국 3대 방송국의 하나로 불리는 곳의 사장이었다.

"저희 사장님 오셨어요."

홍설아가 소개를 시켰다.

"안녕하십니까? 이진만입니다."

"전무님하고 국장님, 저희 피디님도요."

사장이 인사를 하고, 소개가 또 이어졌다. 세 명의 간부가 민규를 향해 단체로 고개를 숙였다.

"설아 씨?"

민규가 홍설아를 바라보았다. 방송국 고위직의 전격 출동. 민규에게도 놀라운 일이 아닐 수 없었다.

"피디님이 설명하세요."

홍설아가 피디를 내세웠다.

"그게… 큼큼."

총대를 멘 피디, 목청을 가다듬더니 다짜고짜 고개부터 숙였다.

"이 셰프님, 저 한 번만 살려주십시오."

"피디님……."

"청와대 만찬 보도를 보고 빽 가 있는 통에 사장님과 전무님이 직접 내려오셨습니다. 마침 두 분도 경영 활성화 문제로 숙의를 하시다가 보도를 보셨다고……."

"……."

"저희 프로그램 첫 방송 때 셰프님이 출연하셨다는 보고를 받으시고는 저에게 특명을……."

"……."

"해서 홍설아 씨하고 남예슬 씨, 우태희 씨 등을 동원해 소재를 파악하다가 여기 계시다는 걸 알고 달려오게 되었습니다."

"피디님……."

"저 혼자 오면 출연 확답을 못 들을 것도 같아서 사장님과 전무님에 국장님까지 모셔 왔습니다. 오늘 청와대에서 펼친 만찬… 자연의 소박함을 요리로 승화시킨 명작이었습니다. 그렇잖아도 저희 프로그램에 한 번 더 나와주신다고 하셨으니 기왕이면 국민 모두가 주목하는 청와대 만찬으로 미식의 절정을 보여주셨으면 합니다."

"부탁합니다."

피디 말에 이어 사장과 전무의 목소리도 더해졌다.

"셰프님, 약속해 주세요."

홍설아도 읍소에 동참.

"이거……."

사장까지 출동한 전격 출연 읍소. 민규도 당황할 수밖에 없었다.

"그러니까 그것 때문에 사장님까지?"

민규가 피디를 바라보았다.

"원하는 건 뭐든지 지원하겠습니다. 그러니……."

"……."

"셰프님."

"황당하네요. 저희는 넋 놓고 뒤풀이 중인데 이렇게 몰려오셔서 닦아세우시니……."

"솔직히 말하면 시간이 없었습니다. 어차피 아시겠지만 다른 방송국에서도 몰려올 겁니다. 한국은 물론이고 심지어는 중국과 프랑스에서도……."

"예?"

"그러니 죽기 아니면 살기입니다. 답을 주시기 전에는 나가지 못합니다."

"출연 승낙을 하지 않으면 집에 못 간다?"

"죄송합니다."

"긴장감 좀 풀러 왔더니 여우 피하려다 호랑이를 만난 격이로군요."

"그것도 죄송합니다."

"홍설아 씨와 장광 셰프님이 출연하는 청사행주방입니까?"

"원하시면 특집으로 따로 빼드릴 수도 있습니다. 1시간짜리도 가능하고 2시간짜리도 가능합니다. 출연료도 원하시는 대로 맞춰 드리겠습니다."

특집에 2시간도 가능.

굉장한 딜이 나왔다.

"사장님 생각도 같으십니까?"

민규가 사장을 바라보았다.

"그렇습니다. 피디의 말이 곧 우리 방송국의 입장입니다."

"일단 앉으시죠."

민규가 자리를 권했다. 불청객이지만 나름 지위가 있는 사람들. 세워놓고 이야기할 수는 없었다.

"만찬에서 건배주로 쓰인 자주입니다. 한 잔 받으시죠."

민규가 술병을 들자 사장이 입을 열었다.

"출연 요청을 드리러 온 것이니 업무 중입니다. 출연 승낙을 해주시면, 잘 마시지 못하지만 기꺼이 한 잔 받겠습니다."

이진만의 표정은 겸허해 보였다. 공사를 제대로 구분하니 마음에 들었다.

"그러시다면 한 가지 선약을 부탁드립니다."

"뭐든지 말씀만……."

"프로그램의 구성과 진행에 대한 전권을 보장해 주신다면 고려해 보겠습니다."

"당연히 보장합니다. 저희가 바라는 건 다만 빠른 시일일 뿐입니다."

"다른 분들도 마찬가지입니까?"

민규가 전무와 국장을 바라보았다.

"물론입니다."

두 사람도 기꺼이 답을 내놓았다.

"그럼 출연 요청을 받겠습니다."

민규가 답했다.

"와아!"

사장과 전무 등의 얼굴이 확 살아났다. 홍설아와 피디도 마찬가지였다. 날짜를 재촉하기에 3일 후로 녹화를 잡아주었다.

모든 것은 전격적으로 이루어졌다.

화기애애한 분위기 속에서 술잔이 돌려고 할 때 종규가 눈짓을 해왔다. 민규의 전화가 거듭 울리고 있었다. 발신자를 보니 차만술이었다. 부재중전화도 여러 번이었다.

"잠깐 실례합니다."

핸드폰을 들고 복도로 나왔다.

"여보세요."

민규가 응답하자 차만술의 목소리가 나왔다.

—이 셰프…….

"죄송합니다. 제가 뒤풀이 좀 하느라고…….."

—아니야. 그럴 줄 알았어. 그런데…….

차만술이 목소리를 흐렸다.

"무슨 일 있으세요?"

—그게… 이 셰프 가게에 전쟁이 났단 말이지. 아까부터 취재진이 몰려들었는데 수십 명이야. 빈 마당 앞에서 한참 기다리더니 이제야 하나둘 돌아갔어.

"예……."

—이제는 잠잠하려나 해서 내려가 봤더니 아직도 기다리는 사람이 있네? 그래서…….

"기자입니까?"

—아니, 그 양반. 그 중국 사업가 쑨차오 회장님.

"쑨차오 회장님이요?"

─실은 아까부터 와 있더라고. 그런데 아직도 안 갔네? 내가 인사는 드렸는데 아무래도 돌아갈 분위기가 아니란 말이지.

"알겠습니다. 고맙습니다."

인사를 전하고 전화를 끊었다.

쑨차오 회장. 몹시 바쁜 사람이다. 더구나 쩌우정에 대한 우려까지 제공해 주었던 사람. 각별한 인연은 차치하고라도 오래 기다렸다니 체크하지 않을 수 없었다.

─셰프님.

전화를 걸자 낮은 목소리가 전화를 받았다.

"저희 가게에 오셨다고요? 저는 지금 밖에 있는데요?"

─그렇군요. 내일 아침 비행기로 돌아가야 해서 잠깐 뵙고 가려고 했더니…….

"아직도 제 가게십니까?"

─그렇기는 하지만… 바쁘시면 그냥 돌아가겠습니다.

"아닙니다. 시간이 허락되면 잠깐만 더 계십시오. 지금 돌아가는 중입니다."

─괜히 부담을 드리는 건 아닌지…….

"아니라니까요. 거의 다 와가니까 조금만 기다려 주십시오."

전화를 끊었다.

그로부터 10분 후, 민규 차는 도로 위에 있었다. 운전은 대리 기사를 불렀다. 가는 도중 정화수를 소환해 알코올을 날려 버렸다. 많이 마시지는 않았지만 술 냄새를 풍기기는 싫었다.

쑨차오는 차에서 나와 있었다. 홀로 마당을 지키는 보안등 아래였다.

"차에 계시지 않고요?"

랜드로버에서 내린 민규가 그를 맞았다. 종규가 들어가 마당의 전등을 전부 밝혔다. 그제야 칙칙한 기운이 사라졌다.

"공연한 폐를 끼치는 것 같습니다."

"별말씀을요. 차라도 한 잔 드릴까요?"

"그보다 먼저 사과를 드려야 할 것 같습니다."

쑨차오가 허리를 조아렸다.

"왜 이러십니까?"

"쩌우정의 추태… 쌍둥이 셰프들에게 들었습니다. 주석과 저는 부끄럽기 짝이 없고 한편으로는 분노했으니 주석의 질책 또한 태산 같았습니다."

"……"

"쩌우정이 제 휘하의 사람은 아니지만 제 부친으로 비롯된 사람이니 이렇게나마 사과의 말씀을 전합니다."

"회장님……."

"부친께도 말씀을 드렸습니다. 그분 역시 백배 사과의 말씀을 드린다고 하였습니다."

"회장님……."

"미리 말씀드렸다시피 그에 대한 느낌은 좋지 않았습니다. 제가 좀 더 적극적으로 나서서 이 같은 불상사가 나오지 않도록 했어야 했는데……."

"쌍둥이가 진실을 고백했다는 말입니까?"

"주석께서는 대노하셨고 쩌우정을 먼저 본국으로 송환시켰습니다. 나라 망신이라며……."

"……."

"제 부친도 주석 못지않게 황망해하십니다. 셰프께서 쩌우정을 알게 된 것도 부친 때문이니 말입니다."

"그랬… 군요."

"여기서 혼자 생각해도 얼굴이 화끈거렸습니다. 함께 소박한 자연주의 식단을 차려 양국 정상들의 우호에 기여하자고 해놓고 혼자 초호화판 진미를 차렸다니… 그조차 간교하게도 청와대 안에서야 셰프께서 알게 했다니 얼마나 황망했습니까?"

"……."

"이제 보니 쌍둥이 셰프를 데려다 만한전석이니 뭐니 하며 설레발을 친 것도 다 셰프님의 환심을 사서 주의력을 흐리게 하려는 계략이었던 것 같습니다."

"그런 것 같습니다."

"쩌우정은 아마 그가 이룬 모든 것을 잃게 될 겁니다. 주석께서 그에게 수여한 모든 공로를 회수하라고 하셨거든요."

"……."

"그럼에도 그 황망을 딛고 소소한 식재료들만으로 진미의
극치를 이루었으니… 송구함에 더불어 존경스러울 따름입니
다."

"회장님."

"예, 셰프."

"저는 이제 괜찮습니다."

"셰프……."

"어쩌면 쩌우정 셰프의 일은 우리 모두에게 하나의 교훈이
될 수도 있고요."

"교훈이라고요?"

"제가 짚어보니 그의 추태의 근본은 노욕이었습니다. 화려
했던 지난날을 되돌리고 싶은 욕심이 화근이었지요."

"노욕……."

"그러니 제 미래에도 경계가 될 일이고, 지금 빛나는 주석이
나 회장님, 우리 대통령 등에게도 경계가 될 일이었습니다. 어
떤 시대에도 변치 않는 순리 말입니다."

"아……."

"중국요리의 대가로 부렸으니 음양오행을 알고 있을 사람이
었습니다. 그런 사람도 헛된 명예욕과 노욕에 눈이 멀면 망조
가 들게 되니 두고두고 가르침으로 삼을 생각입니다."

"셰프……."

"밤이 깊었습니다. 돌아가시는 길이 머니 그만 가보십시오. 이 물은 가시는 길에 한 모금 드시면 평안해지실 겁니다."

민규가 초자연수를 내밀었다. 머리와 눈을 밝게 하는 정화수와 마음을 안정시키는 방제수의 혼합물이었다.

"셰프……."

"쏸빙빙 회장님께도 전해주십시오. 저는 괜찮다고, 근간 중국에 가게 되면 한번 뵈러 가겠다고요."

민규가 작별을 고했다. 미안해하는 사람을 오래 잡고 있는 것도 예의가 아니기 때문이었다.

"그래도 쏸차오 회장님은 멋지네."

마당을 나가는 차를 보며 종규가 중얼거렸다.

"그렇지?"

"그런데……."

도로를 보던 종규가 아연 긴장을 했다.

"왜?"

"저거… 기자들이잖아? 방송국 깃발과 신문사 깃발… 다들 돌아간 게 아니었나 봐."

어쩌고 할 사이도 없이 보도 차량이 들이닥쳤다. 멀지 않은 곳에서 배수진을 치던 기자들. 초빛에 불이 들어오자 동시에 몰려온 것이다.

"형……."

종규가 울상을 짓든 말든, 기자들은 밀물처럼 차 안에서 쏟아져 나왔다.

"이 셰프님!"

"드십시오."

기자들.

일단 정화수부터 한 잔씩 쫙 돌렸다. 기왕 이렇게 된 것 즐기려는 생각이었다. 술기운도 날아갔으니 카메라가 겁날 것도 없었다.

"키햐!"

"원더풀."

기자들의 탄성이 쏟아졌다. 특히 민규의 초자연수를 처음 접하는 기자들이 그랬다. 마당에서 자연스럽게 기자회견에 임했다. 차만술이 내려와 진행을 도왔다.

―가장 소박한 요리로 가장 위대한 만찬을 이룬 셰프.

기자들 궁금증의 원천이었다.

"보통 정상들의 만찬에는 그 나라를 대표하는 요리나 역사적인 의미를 가진 요리가 나오는 게 일반적입니다. 자칫하면 상대방 지도자를 무시한다는 오해를 받을 수도 있는데 소박한 소재만 고른 이유는 무엇입니까?"

기자들의 포화가 쏟아졌다.

이유…….

그러고 보니 그 이유는 쩌우정이었다. 그가 제의를 했고 민규가 수락했다. 만약, 그가 아무런 제의도 하지 않았다면 민규는 어떤 주제로 임했을까?

고려시대 사신 만찬 응용?

조선시대 사신 만찬 응용?

아니면 역시 기자의 요지처럼 한국 최고의 특산품을 내세워서?

"우리 속담에 작은 고추가 맵다는 말이 있지 않습니까? 소박한 식재료들은 보통 주목받지 못하지만 발상을 전환하면 새로운 대안이 될 수도 있습니다. 지도자들은 늘 새로운 희망을 국민들에게 안겨줘야 하는 자리이니 위민(爲民)의 의미에도 부합하다고 생각했습니다."

"다시 만찬을 차려도 역시 소박한 식재료일 거라는 말씀입니까?"

"그렇습니다."

민규는 주저하지 않았다. 소박함 속에는 정진도의 생이 담겨 있기도 했다. 그에게는 보물과도 같았던 들녘의 씨앗들, 열매들… 너무 흔하거나, 보잘것없어 눈길도 못 받는 것들로 생명을 아우르던 그였다. 시작은 불손했지만 결국 정진도의 의미를 오롯이 승화시킨 윤도였다.

"혹시 관련 식재료를 공개하실 수 있습니까?"

기자들이 소리쳤다.

"물론입니다."

민규가 답했다. 한두 가지는 바닥났지만 나머지는 공개할 양이 되었다. 종규와 차만술의 도움으로 만찬에 썼던 식재료들을 공개했다.

어떻게 보면 잡새들도 외면할 것 같은 식재료들. 그러나 그 안에 숨어 있는 맛을 승화시켜 역사적인 만찬을 만들어낸 민규. 들판에 흔하게 나뒹굴듯 한 재료들이 공개되자 민규가 새삼 위대하게 보였다.

"어디 산(産)입니까?"

나올 질문이 나왔다. 바로 이것 때문에 식재료 업자들이 그 난리를 피웠던 것.

"대한민국산입니다."

한마디로 답했다.

"지역을 말씀해 주십시오."

기자들이 물고 늘어진다. 별수 없이 물건들의 출신지를 하나하나 말해주었다. 황창동과 이영자의 협력도 말해주었다.

"만찬주는요?"

기다리던 질문이 이어졌다.

"술은 전통주 자주였습니다. 바로 여기 차만술 셰프님이 빚은 술입니다."

민규가 차만술을 내세웠다.

"자주는 궁중 술입니까? 아니면 약선주입니까?"

"원료는 무엇입니까?"

"어느 문헌에 나옵니까?"

기자들의 질문 폭탄이 차만술에게 넘어갔다.

"자주는 도문대작에 기록된 술로… 호두와 밀납, 후추가 들어가는 술……."

느닷없는 상황에 차만술이 땀을 뺐다. 민규는 잘하라는 뜻으로 찡긋 윙크를 날려주었다. 자주의 반응도 상당했던 터, 차만술 역시 주목받을 자격이 충분했다.

결국 차만술의 자주까지 공개하게 되었다.

찰칵찰칵!

기자들의 카메라에 불이 붙었다. 기자회견의 대미였다.

재미난 사실은 어쨌든 다음 날이 온다는 것. 격랑의 시간을 보냈지만 민규의 일상은 다시 시작되었다. 그러나 어제 같은 오늘은 아니었다. 오늘은 오늘. 어제의 맛이 아니라 오늘의 맛이 필요한 것이다.

『밥도둑 약선요리王』 17권에 계속…

초대형 24시 만화방

신간 100%, 샤워실, 흡연실, 수면실(침대석), 커플석, 세탁기 완비

■ 광명 광명사거리역점 ■

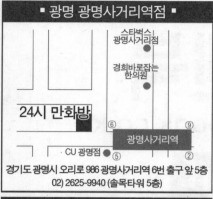

경기도 광명시 오리로 986 광명사거리역 6번 출구 앞 5층
02) 2625-9940 (솔목타워 5층)

■ 강북 노원역점 ■

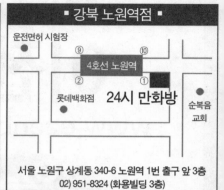

서울 노원구 상계동 340-6 노원역 1번 출구 앞 3층
02) 951-8324 (화용빌딩 3층)

■ 일산 정발산역점 ■

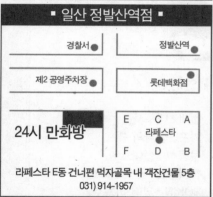

라페스타 E동 건너편 먹자골목 내 객잔건물 5층
031) 914-1957

■ 일산 화정역점 ■

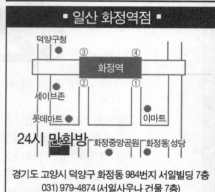

경기도 고양시 덕양구 화정동 984번지 서일빌딩 7층
031) 979-4874 (서일사우나 건물 7층)

■ 부천 역곡역점 ■

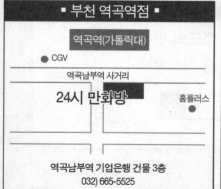

역곡남부역 기업은행 건물 3층
032) 665-5525

■ 부평역점 ■

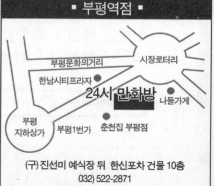

(구)진선미 예식장 뒤 한신포차 건물 10층
032) 522-2871

FUSION FANTASTIC STORY

변혁 1998

천지무천 장편소설

주식 투자에 실패해 나락으로 빠진 강태수.

그런데,
눈을 떠보니 22년 전 과거로 돌아왔다!

『변혁 1998』

"다시는 후회하는 삶을 살지 않으리라!"

미래의 지식은 그를 천재적 사업가로 만들었고,
지난 삶의 깊은 후회는 그를 혁명가로 이끌었다.

새로운 삶을 살게 된 강태수.
변혁의 중심에 서다!

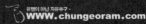